履彊集

台灣作家全集

短篇小說卷

台灣作家全集

短篇小說卷

一九七一年，於中壢陸軍第一士官學校，時爲三年級學生

一九八二年留影，時爲陸軍上尉

一九八七年全家合影於屏東牡丹鄉旭海村海岸，時任海防部隊指揮官

一九九二年於台北大直書寓

一九九三年七月，全家於日本旅遊時留影

於日本奈良東大寺留影

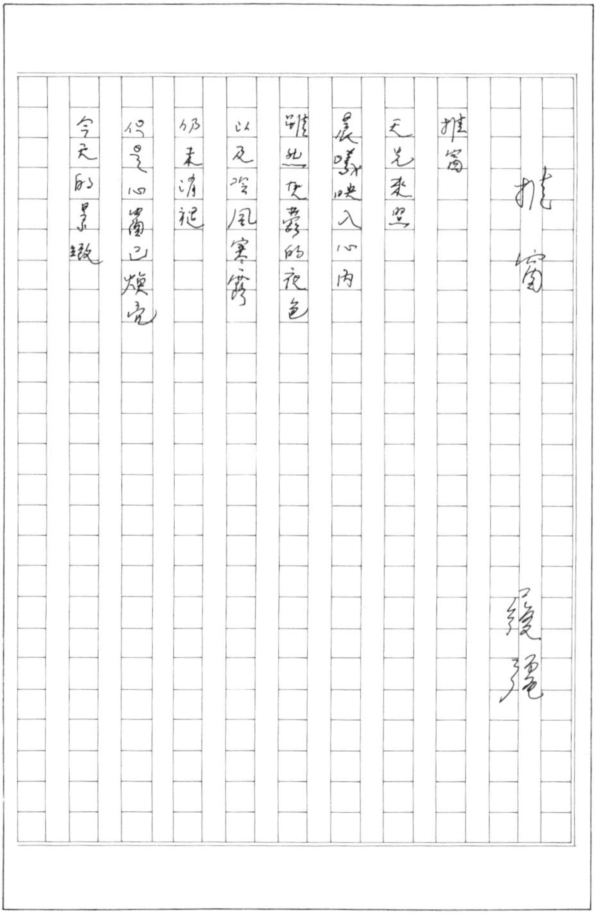

履彊手跡

出版說明

《臺灣作家全集》是臺灣新文學運動以來最有意義的選輯，也是臺灣文學出版上最具示範的創舉。全集係以短篇小說爲主體，以作家個人爲單位，涵蓋一九二〇年至九〇年代的重要作家，縫合戰前與戰後的歷史斷層，有系統地呈現了現代文學史上臺灣作家的精神面貌。

在內容上，包括日據時代，由張恆豪編輯；戰後第一代，由彭瑞金編選；戰後第二代，由林瑞明、陳萬益編選；戰後第三代，由施淑、高天生編選。全集計劃出版五十冊，後每隔三年或五年，續有增編，一人以一冊爲原則，戰前部分則因篇幅不足，有二人或三人合爲一集。

在體例上，每冊前由召集人鍾肇政撰述總序（文長兩萬字，首冊爲全文，其它則爲濃縮），精扼鈎畫出臺灣新文學發展的歷程、脈絡與精神；並由各集編選人執筆序言，簡要介紹作家生平及作品特色；正文之後，則附有研析性質的作家論，及作家生平寫作年表、小說評論引得，期能提供讀者參考。臺灣面臨歷史的轉捩點，瞻前顧往之際，本社誠摯希望能對臺灣文學的出版、推廣、教育及研究上有所貢獻。

台灣作家全集

短篇小說卷

緒　言

鍾肇政

時代的巨輪轟然輾過了八十年代，迎來了嶄新的另一個年代——九十年代。發軔於二十年代的台灣文學，至此也在時代潮流的沖激下，進入了一個極可能不同於以往的文學年代。

然則這九十年代的台灣文學，究竟會是怎樣的一種文學？在試圖回答這個問題之前，我們似乎更應該先問問：台灣文學又是怎樣一種文學？

曰：台灣文學是台灣本土的文學、台灣人的文學。

曰：台灣文學是世界文學的一支。

倘就歷史層面予以考察，則台灣文學是「後進」的文學：比諸先進國的文學，即使是近鄰如日本，她的萌芽時期亦屬瞠乎其後，比諸中國五四後之有新文學，亦略遲數年。只因是後進的，故而自然而然承襲了先進的餘緒，歐美諸國文學的影響固毋論矣，即日本文學、中國文學等也給她帶來了諸多影響。易言之，先天上她就具備了多種特色集於一身，因而可能成爲人類文學裏新穎而富特色的一支——當然這種說法恐難免落入過分單純化機械化的發展論，未必完全接近實際情形。事實上，一種藝術的發芽與成長，土地本身的人文條件與夫時代社經政治等的變易更動，在在可能促進或阻礙她的發展。證諸七十年來台灣文學的成長過程，堪稱充滿血淚，一路在荊棘與險阻的路途上踽踽而行，備嘗艱辛。

職是之故，若就其內涵以言，台灣文學是血淚的文學，是民族掙扎的文學。四百年台灣史，是台灣居民被迫虐的歷史。隨著不同的統治者不同的統治，歷史上每一個不同階段雖然也都有過不同的社會樣相與居民的不同生活情形，而統治者之剝削欺凌則始終如一。七十年台灣文學發展軌跡，時間上雖然不算多麼長，展現出來的自然也不外是被迫虐被欺凌者的心靈呼喊之連續。

台灣文學創建伊始之際，我們看到台灣文學之父賴和以文學做爲抗爭手段之一的筆跡。他反抗日閥強權，他也向台灣人民的落伍、封建、愚昧宣戰。他身體力行，諸凡當時的抗日社團如文化協會、民衆黨和其後的新文協等，以及它們的種種活動，他幾乎是每役必與，並驅其如椽之筆發而爲〈一桿稱子〉、〈不如意的過年〉、〈善訟的人的故事〉等小說與〈覺悟下的犧牲〉、〈南國哀歌〉等詩篇，爲台灣文學開創了一片天空，樹立了不朽典範。

中期，我們又有幸目睹了台灣文學巨人吳濁流之出現。第二次世界大戰進入最慘烈階段之際，在日本憲警虎視眈眈下，吳氏冒死寫下《亞細亞的孤兒》，戰後更在外來政權戒嚴體制的獨裁統治下，他復以《無花果》、《台灣連翹》等長篇突破了統治者最大的禁忌。他不但爲台灣文學建構了巍峨高峰，還創辦《台灣文藝》雜誌，創設台灣第一個文學獎「吳濁流文學獎」，培養、獎掖後進，傾注了其後半生心血，成爲台灣文學的中流砥柱。

七十星霜的台灣文學史上，傑出作家爲數不少，尤其在時代的轉折點上，每見引領風騷的人物出現，各各留下可觀作品。此處暫不擬再列舉大名，但我們都知道，在統治者鐵蹄下，其中尙不乏以筆賈禍而身繫囹圄，備嘗鐵窗之苦者，甚或在二二八悲劇裏飲恨以終者。以所驅用的文學工具言，有台灣話文、白話文、日文、中文等等不一而足，蔚爲世界文壇上罕見奇觀，此殆亦爲台灣文學之一特色。日據時，曾有「外地文學」之稱，晚近亦有人以「邊疆文學」視之，唯她既立足本土，不論使用工具爲何，其爲台灣文學則無庸否定，且始終如一。

不錯，七十年來她的轉折多矣。其中還甚至有兩度陷入完全斷絕的眞空期，其一爲戰爭末期所謂「決戰下的台灣文學」乃至「皇民文學」的年代，以及戰後二二八之後迄國府遷台實施恐怖統治、必需俟「戰後第一代」作家掙扎著試圖以「中文」驅筆創作、接續斷層爲止的年代。一言以蔽之，台灣文學本身的步履一直都是顚躓的、蹣跚的。到了七十年代，鄉土之呼聲漸起，雖有鄉土文學論戰的壓抑，反倒造成台灣文學的欣欣向榮，入了八十年代，鄉土文學不僅成爲文壇主流，益以美麗島軍法大審之激盪，衝破文學禁忌成了不可遏止之勢，於是有覺醒後之政治文學大批出籠，使台灣文學的風貌又有了一變。

八十年代已矣。在年代與年代接續更替之際，正如若干年來每屆歲尾年始，報章上總會出現不少檢討與前瞻的論評文學，也一如往例悲觀與樂觀並陳，絕望與期許互見。有一明顯的跡象是嚴肅的台灣文學，讀者一直都極少極少，在八十年代末期的消費社會、資訊多元化社會以及功利主義社會裏，文學的商品化及大衆化傾向已是莫之能禦的趨勢，於是當市場裏正如某些論者所指摘，充斥著通俗文學、輕薄文學一類作品，純正的文學乃又一次陷入危殆裏。

然而我們也欣幸地看到，八十年代末尾的一九八九年裏民主潮流驟起，舉世爲之震動。繼六四天安門事件被血腥彈壓之後，卻有東歐的改革之風席捲諸多社會主義共產國家，連蘇聯竟也大地撼動，專制統治漸見趨於鬆動的跡象。（草此文之際，世人均看到蘇俄首任總統終告產生。）這該也是樂觀論者之所以樂觀之憑藉吧。

不錯，新的人類世界確已隨九十年代以俱來。即令不是樂觀者，不免也會睜大眼睛看著世局之演變並對它有所期待才是。而九十年代台灣文學，自然也已是呼之欲出！君不見繼八九年年尾大選、國民黨挫敗之後，台灣的民主又向前跨了一步，即令有第八任總統選舉的權力鬥爭以及國大代表之挾選票以自重、肆意敲詐勒索等醜劇相繼上演於國人眼睜睜的視野裏，但其爲獨大而專權了數十年之久的國民黨眞正改革前的垂死掙扎，彰彰在吾人耳目。

在九十年代台灣文學即將展現於二千萬國人眼前之際，《台灣作家全集》（以下稱「本全集」）的問世是有其重大意義的。過去我們已看到幾種類似的集體展示，計有《日據下台灣新文學》（明集，共五卷，明潭出版社，一九七九年三月）、《光復前台灣文學全集》（八卷，後再追加四卷，遠景出版社，一九七九年七月）、《本省籍作家作品選集》（十卷，文壇社，一九六五年十月）、《台灣省青年文學叢書》（十卷，幼獅書店，一九六五年十月）等四種。無獨有偶，前兩者均爲戰前台灣文學，後兩者則爲清一色戰後台灣作家作品。而其中，除最後一種爲個人結集之外，餘皆爲多人合集。値得一提的是後兩者出版時，白色恐怖仍在餘燼未熄之際，前兩者則是鄉土文學論戰戰火甫戢、鄉土文學普遍受到肯定之後，因此可以說各盡了其時代使命。

本全集可以說是集以上四種叢書之大成者。其一，是時間上貫穿台灣新文學發軔到晚近的全局;其二,是選有代表性作家,每家一卷,因而總數達數十卷之鉅,堪稱自有台灣新文學以來之創舉。是對血漬斑斑的台灣文學之路途上,披荊斬棘,蹣跚走過的前輩們,以及現今仍在孜孜矻矻舉其沉重步伐奮勇前進的當代作家們之獻禮,也是對關心本土文學發展的廣大海內外讀者們的最大禮物。

(註:本文爲《台灣作家全集》〈總序〉的緒言,全文請看《賴和集》和《別冊》。)

目錄

與現實一起成長

——履彊集序

施　淑

在鄉土文學論戰後崛起的台灣作家中，履彊是生活經驗比較特殊的一位。一方面，他生長於迄今仍保留農業生產特色的雲林地區，泥土的氣息，鄉野的風習，對於他可以說是不假外求的，與生俱來的東西。另一方面，曾經是職業軍人的他，軍旅生活給予他一般作家無由企及的生命形態和寫作材料。這兩重因素，造就了履彊小說創作的獨特風貌，也為他博得評論家稱道的「軍人魂與鄉土情懷」的讚譽。

因為農村生活的經驗，履彊的小說，一開始就遠離七〇年代殘存的台灣現代主義文學的夢魘，而展現著素樸溫暖的現實主義色調，這傾向表現在他最早的兩個短篇集《飛翔之鷹》（後來改題為《我不要回台北》）、《鄉垣近事》，而後延續到八〇年代前期陸續結集出版的《鑼鼓歌》、《楊桃樹》。在這些集子中，鄉土人物的悲歡，農業社會的變遷，對農村的情愛，對都市生活的不安與不適，構成了作品的主要訴求。選入本集的〈奔〉、〈楊桃樹〉、〈曬穀埕春秋誌〉、〈鑼鼓歌〉，都屬這類作品。它們的直接自然的語言風格，幾乎看不出什麼特殊處理的平淡描述，讓人感覺到農村生活本身迂緩、零散、然而不失其活力的步調。在這本色的農村圖景中，同時可以看到由現實主義出發的履彊，從不迴避農村生活的新現象，不掩飾它的變貌。在這些作品中，拖拉機的噪音、電視節目、矗立鄉村街市上的百貨公司、咖啡屋，都成了日常生活的部分。就是那與之俱來的農業社會倫理的解體，鄉里人物的行為意識的變化，他們的回不了家、不再能與土地結合，都被如實地吸納到他的小說世界中，成為思考的對象。對於這些，履彊很少透過筆下的人物事件大聲疾呼或嚴辭譴責，他經常只是帶著同情和善意的理解，感傷憂慮地關注和對待它們。因此從這些作品中，我們聽不到對於古早時代的無謂的輓歌，也看不到勉強造作的鄉愁姿勢，而只是投身變局的作者，面對零亂的現實和逐漸異樣了的鄉土的關懷及省思。

八〇年代以後，當履彊在台北購屋落籍，行走都市叢林的他，回首故土，雖不免有「鄉關何處」之感，但敢於正視現實的他，在回不了家和「不要回台北」之餘，毅然朝向被壓擠到都市和鄉鎮角落的卑屈人物的探討。〈兩個爸爸〉中的一個原住民女孩與兩個退伍老兵的畸型婚姻故事，〈早晨的公園〉裏，為都市處理垃圾的年輕清潔隊員的慘敗人生，〈遺棄〉中都市男女的婚外愛情鬧劇，這些隱藏著的，或被視而不見的社會問題，都在他的認眞觀察下，有著讓人不能不正視的尖銳性。在這類題材中，大陸來台的退伍軍人與本省人的結合問題，佔相當大的份量，履彊的處理和表現，也頗值得注意。〈兩個爸爸〉之前發表的〈蠱〉，及其後寫成的〈無愛〉，都是經由婚姻和家庭生活的糾葛，探討被歷史動亂驅趕到台灣的孤單老兵，因爲最起碼的家庭和親子關係的需要，希望落地生根，希望在這塊土地上重新建立他們生命的據點，而最終絕望破滅的經過。對於這另一形式的回不了家，更回不了台北，履彊除了以他一視同仁的溫暖的，甚至於有時是喜劇性的喧鬧筆觸，記述故事中那些淪落於中國歷史和現實間的大陸來台人士，以及同樣淪落在自己鄉土的台灣原住民和卑微人物的遭遇，更走入現象的背後，挖掘他們被畸變的社會政治力量逼迫後的畸變人性，他們彼此間的傾軋傷害，他們雖然失敗但確曾努力護持過的無路可走之後的結合的欲望。這個低調的現實人生，它所隱藏的人性掙扎，引導著與現實一道成長起來的履彊，走向更其尖銳、畸變、和不堪的人性深淵。

根據軍中生活的要求和經驗，履彊在他的早期寫作中，有過不少軍中文藝作品。收在本集中的〈無常〉、〈荷花與劍〉，以及較近發表的〈情節〉，是他解甲之後，重新審視軍中閱歷的作品。從這幾篇小說，我們可以比較具體地看到一向只能在政論雜誌，恍惚捕捉其運作方式的情治工作的究竟。這些與一般內幕消息報導迥然有別的嚴肅優秀的文藝創作，對於那作爲台灣政治的贅瘤而存在的情治單位，那埋伏在權力結構核心的陰曹地府的運作細節的揭發，以及它所造成的人格分裂和人性病變，一方面有助於我們了解，那或許可稱之爲台灣文學的保留地的軍中文藝的生態環境及其存在意義。另一方面，更可以讓我們與作家履彊一起，在認眞地看待過鄉里人物和都會男女的悲歡離合，看待過社會邊際人物的慘敗酸辛之後，嚴肅地，而不是辛辣或沮喪地面對和思考回不了鄉土老家，也不要回到不論是現代或者後現代的台北的兩難處境下的台灣的未來。

鑼鼓歌

老爹睡得很早，晚餐喝了些酒的緣故吧。

屋子裏被蚊子吵得轟嗡轟嗡，火土躡著脚尖，一步一步的繞過老爹的眠床，輕輕的把下午預置在長桌下的板櫈移到牆邊，順著牆面，他的手緩緩的向上伸移；老爹的鼾聲忽然間斷了一下，他連忙蹲下身子，老爹咕噥咕噥的講著夢話。

觸及懸掛著的鑼，一面未完成的鑼，火土謹慎的托起，一邊注意老爹，一邊小心的退出屋子。

就藉著榕樹前的路燈，火土專心的審視著鑼面，濛黃的燈色投在金黃的鑼面上，使鑼面上千千萬萬的圓弧，疊集得更加神秘，外圈的弧痕已經很完美，剩下圓心碗底大小的一小片樸拙的銅面。老爹的進度總是慢條斯理；他仔細的看著鑼面上呈出的條痕，還有鎚跡，想著老爹舉鎚落鎚的力勢，鑼面上的細痕竟被一輕微的旋動，激起了飛旋的效果，儘管火土用力的瞪眼張看，適才平穩的心境，卻一下子被攪浮了，閉眼，鑼旋入暗紅的視界，張眼，鑼在燈光下，照得沉沉濛濛。

把鑼掛回牆壁，一不小心食指撞著鑼面，火土連忙把鑼附擁在胸前，鑼聲才沒有溢出。

外面，天上的星繁繁密密，湧出無盡的燦亮光芒，夏天的晚上，南風吹著，青蛙叫得很起勁。

直到月芽落入西邊的雲屏，火土想著明天又要繼續做著不停息的敲擊，心裏很是煩悶，但也不得不進屋睡了。

鐵鎚捶擊的聲音在閃著白亮陽光的午後，鏘噹！鏘噹！鏘噹！急驟的起落，從大榕樹下的土塊房子奏響出來。

遠遠的碎石子路的一端，起了一層水漾的流氣，大熱天，六月，日頭照得眞是炎炙，整座村莊的綠樹翠籬被炎麗的陽光網住，倦倦的，從老爹那用黑亮土塊砌築的屋子裏傳出的碰擊聲，更加添了午後的煩躁。

榕樹下的石桌上散著未了的棋局，葉蔭下軀著赤膊的漢子們，他們像被獵獲的野山羊，安靜的昏睡在單調的擊捶聲裏。

鏘噹！鏘噹！火土仍然擊打著那塊渾銹的鐵塊，空氣裏像燒著煤，汗不停的流，他的擊打多少帶著幾分賭氣，鎚子在鐵塊上印出細密的錘痕，錘痕排列成圓形，顯然是鑼的形狀。

老爹在一邊，瞇著眼，沉默的擦拭著那面未成的鑼，事實上，那鑼只要再加上一記鎚，就已完成了。

「老爹，您看，怎樣？」

火土停止錘打，擦著汗，老爹並沒有抬起頭：「不可以啦！」冷硬硬的聲音：「早呢！」

「老爹！」火土咬著嘴唇。

老爹繼續他的擦拭，火土舉起鎚使力一錘，老爹坐著，仍是那種姿勢。

日頭斜過榕樹右方的竹梢，錘擊的聲音仍然很凶猛的起落著，土塊房子涼了些，阿屘老爹要舉鎚鑄鑼了，火土只有停止工作，爲老爹備了清水一杯，乾軟的毛巾，並且將屋子裏的鐵屑銅片清理清理。

這是第十面鑼，火土跟隨老爹學鑄鑼後的第十面了。

起初，老爹要火土每天擦拭未鑄的銅板，每天擦得滿手銅綠油汚，直到去年吧，老爹從街市帶回一塊鐵，火土便每天敲擊著，把醜陋的面敲得陷下千坑，老爹沒有說什麼，只要他反個面，每天繼續捶擊，仿老爹鑄鑼的手法，而老爹從不費口舌教他，他也只能從老爹的手勢揣摸錘打的力道。

老爹的身子瘦削單薄，每一鎚卻都透出神奇的力量，不偏不倚的落在銅板上，鎚記組成圓弧，一面鑼的形狀，映著老爹的臉，除了五官，老爹的臉簡直是用皺紋拉搭起的，仔細看，皺紋之間還伏著赤色的疤痕。

老爹的沉默似乎和他的左眼有關，很深沉的左眼，只是一片鬆疲的眼皮覆著，慣常瞇著，像隱藏著什麼，火土從來到土屋，便畏懼老爹的眼睛，那從來不會起笑紋的眼及臉。

火土看著老爹把鑼放平，細心的做著最後的擦拭。房中間的香案嬝嬝著淡青的煙霧，供在案上的是一張油污的圖，畫著一張帶著複雜表情的臉，比老爹更令人畏懼的臉，老爹恭敬的燃香肅立，火土很驚訝的接過老爹遞來的香柱，連忙站在他左邊，跟著肅立膜拜。

老爹點頭接過火土奉上的鎚，臉上閃過一絲詭譎，舉鎚的手向右耳後抬高，小臂垂直，火土特別注意老爹舉手的角度，老爹卻把鎚放下，火土舒了口氣。

老爹拭著手臂的汗，專心的看著平擺桌枱上的鑼，那處待擊的銅而特別顯眼，老爹略一遲疑，用圓木條規正了銅鑼，深凹下去的左眼眨了一下。

當老爹揚起的鎚倏地落下，火土幾乎忘了呼息，那一聲脆亮的匡！一聲，撕裂了沉濁的土塊屋裏的空氣，像嬰兒出世，猛然的啼出。

老爹並沒有出汗，卻用毛巾擦拭著臉，想要擦去什麼似的用力。

鑼安穩的被木條圈住，面上的澄澈金黃閃爍著，很炫眼，一下子，整面鑼上的細痕都旋動起來，火土以手遮臉，走出室內，走進榕樹的葉蔭裏。

老爹正式教火土鑄鑼，是在第十面鑼完成之後的某一天早晨，已是深秋，塵沙在桌枱上鋪了厚厚一層，當火土用布去拂拭時，老爹叫他去洗手，然後，在冷肅的神像面前，老爹跪伏下去，火土也跟著跪拜。

老爹把他的鎚頭交給火土。

「火土，從今日開始，你要遵古禮鑄鑼。」

「知道了，老爹。」

「一定不可馬虎！」

火土望著老爹的臉，突然，貼在堂中的神像幻成老爹複雜的臉，他虔誠的再度跪倒在神像前。

「嗯！火土，起來！」老爹說。

目光靜靜的湧到土屋裏，把懸置的鑼，大大小小的鑼，以及未鑄的銅面，照映得金碧輝煌，滿屋子都溢澈著金光，土塊牆像透明的玻璃。

「今天是五府千歲的生日啊！」老爹興奮的說。

「是啊！」

老爹側著臉，仔細的傾聽：隱隱約約的鑼聲，富有韻律的傳進耳膜，「是啊！老爹，是五府千歲生日啊！聽啊，鑼聲，好亮好大啊！」

老爹的臉上泛起笑意，深凹進的左眼眨動著，從來沒有看過他這麼興奮。

鑼聲愈來愈近，宏亮的感覺直震進心裏，火土持鎚的手微微的起顫。

迎神的隊伍經過大榕樹，已有許多人聚在樹前，他們合掌，火土也跟著合掌。

咚——嗡——咚——嗡——咚——嗡——

扛鑼的是二個頭紮紅布的莊稼漢，擊鑼的是一個粗壯的大漢，他們嚴肅的臉，穩重的步伐，控制著隊伍的動作，武館的拳頭陣，隨著鑼鼓的節奏，或急或緩的比耍著拳脚刀棍，火土卻一直跟著鑼鼓陣；那面渾圓的鑼，懸在粗碩的桿挑上，透出褚紅，褚紅間隱著青藍的銅綠，持鑼鎚的漢子，一揚手，鑼面像微漾的古井，傳奏出扣緊心臟的巨大聲音。

直到迎神的行列進入鄰莊，火土才用最快的速度，跑回土屋，老爹在擦鑼，大大小小的鑼排列在屋前，曬在已經白亮的日光下。

「把那塊鐵盤收到柴間去吧！」老爹說。

火土約略整理了一下屋子，老爹進屋：「五府千歲生日，火土，今日起，你是鑼的匠工，下一次五府千歲生日，你鑄的大鑼可以出陣。」

火土高興的笑了。

當火土的第一面鑼接近完成時，他的臉被鎚頭底下噴射上來的細屑削傷，而老爹的胃也因酒精的力量，滲出大量的血。

土屋因季候而更形溼暗，火土臉上的傷口呈出潰爛現象，他不得不停止工作。

屋子裏，充滿草藥味，夾雜著老爹嘔出的血腥；氣候更壞了，風把榕樹下因雨水而腐霉的樹籽氣味吹進來。

下午，風勢很猛，接著便是大粒的雨，傾下得令人心悸，火土把所有的鑼用來補塡屋子四壁的漏洞，水還是滲入，風還是吹進來，風雨在鑼面上放肆的襲擊。

「火土——」老爹的氣息很弱。

「老爹。」

火爐上的瓦罐冒著淡輕的熱氣，草藥已煎了半天，還是沸不起來，風老把柴火吹得一亮一滅，細枯的柴枝早已被雨水濡溼，費了很大的力氣，把火土的臉吹脹了，才燃著。

「老爹，快好了。」

掀開瓦罐蓋，藥味青澀而苦濃，沖得鼻子難受，污濁的水冒著要死不活的泡沫，草藥仍然保持原色浸在水裏。

「唷——」老爹呻吟著。

匡！

一面鑼扒倒下來，雨水趁勢潑進來。

火土一邊詛咒，一邊扶正接二連三頹倒的鑼。

不得不點燈，費了很大的心機，燈芯才免去被吹熄的顧慮。

老爹的呻吟拖著長聲，逐漸逐漸的微弱，然後平息，他的手緊緊按住胃部。

火土看他睡著了，也就放棄煎草藥的工作，拾起一面小鑼，把水氣和塵污拭去，鑼面微亮，映著他的臉，他忽然生起氣，開了門，甩那面小鑼，迎頭被潑了一身雨水；那棵大榕樹正劇烈的搖舞著枝葉。

老爹被抬到村長家，全身抽搐，許多人按住他的肢體，老爹才停止掙扎，但有人發覺他全身冰冷，被毯已失去暖溫的效用。

誰也沒有想到雷電會那麼用力的把大榕樹劈下一大半。一枝樹幹把老爹的土屋壓垮。

水流得很慢，卻是一股偉大的氣勢，把垮倒的土屋在片刻間沖走了，等到火土清醒過來，土屋已經不見了，只剩下一團污濁。

所有的鑼都散失了，有人說，鑼會沉入河床。

直到風雨平息了些，火土才在土屋舊址前方，找到一面小鑼。

過了夏天，火土開始過「搖鑼鼓仔」的小販生活，過庄越鄉的賣一些胭脂、粉、萬金油、面油膏、花露水等等化妝品。

遠近的人們都叫他「鑼仔土」，他們從他口中得知一些鑄鑼阿尼老爹生前瑣事。就以那面小鑼和村長送的一面盆大的鼓，召喚婦女們的購買。中午，只要他的攤停住，年輕的姑娘們，剛嫁出門的少婦便不約而同的圍住他，爭購必需的東西，他邊應付她們，還自編自唱他的鑼鼓仔歌。

每十日的台南城之行，總令火土禁不住興奮，除了採購，他特別努力的記下城中的人地事物，風光景色，回到鄉下，應用他的機敏，加油添醋的編造一些聽起來令人小孩子發楞，姑娘們羨慕，老婦人驚奇，男人們也津津有味的故事。

肩挑的攤子已滿足不了需求，他販賣的東西愈來愈多。於是，他買了一部三輪攤車，踩遍了遠遠近近的莊舍鄉村，他的服裝成了男人們羨慕和嫉妒的款式，姑娘們的眼光總是盯住他。

在鄧火土的「榕樹洋貨行」開張的那一天，他和一個從台南來的姑娘結婚了，她是火土去台南城採購洋貨時，在綢布莊結識的，台南城洋貨行老頭家很熱誠做了他倆的現成媒人。

榕樹洋貨行是棕櫚鄉第一家洋貨行，鑄鑼阿匿老爹和榕樹洋貨行的頭家鄧火土名字，在鄉人們口中是一個傳奇故事。

街市繁華起來，榕樹洋貨行是唯一的老店。

棕櫚鄉。站立在高高的水塔上做一俯瞰，樓屋成行成列的在視線上湧現，天線和美麗的路燈織連在每一條巷道。顯然的，全鄉都在一種氣氛中浮升，快競選鄉長了，誰都知道老鄉長火土伯決意退休，而他那高中畢業的兒子正雄已經領取登記表格，但火土伯並不贊成兒子的行爲，因爲林淳也已辦妥登記，林淳是鄧正雄的同學。

等了一個晚上，兒子還不回來。

他啓開門，引起那兩頭狼犬的吠叫。

屋外，燈光很明朗，他在簷廊下徘徊了二趟，決定去看看林淳那孩子。

燈光使寂靜的屋院含著一層霜冷，的確，已是秋季。

他步入林家的大門，裏面的燈亮著。

「誰啊！」馬上有人喝住他。

「我啊，阿淳在吧？」

客廳裏坐滿了人，人們奇怪的看望著他。

「阿淳呢？」他問，自己坐下。

屋裏的空氣像已凝住許久，此刻，起了震波，火土很安詳的抽著煙斗。

一陣咳嗽，火土連忙迎上去。

「老太太，您未睏啊？」

「是火土唷！」

他扶老太太坐下。

「我來看阿淳。」

「這麼暗了。」

他不知道要怎麼向老太太稟告這次選舉的事，老太太也一直沒有提起，只是斷斷續續的追述著過往，他恭敬的點頭稱是，事實上，他並沒有聽清楚每一句話。

林淳回來了，助選員們一齊站立起來，火土看著他。

「火土伯！」他驚訝的叫了一聲。

「阿淳，才回來？」

等到老太太入房，助選員們離開之後，火土端坐在籐椅上，林淳泡了茶，搓著手。

「阿淳！阿伯支持你。」

「阿伯，正雄兄──」

「我不會讓他出來。」他咬著牙：「你放心出來就是；阿伯保證你當選。」

林淳沉思著。

「阿伯，我正考慮要撤消登記。」

他甚至有些生氣：「不可以莽撞，正正當當的做大事，驚啥？」火土安慰他：「正雄是我的囝仔，昨天，他瞞我去事務所，我今日才知。」也算是解釋。

林淳感激的點點頭：「我知啦！火土伯不是那種人，要不是您的鼓勵，我是不敢回來競選的。」

「阿淳！咱鄉里，進步很緊，你不回來，誰回來？」

「正雄兄也是人才啦！」

「人才？花錢的人才，標準浪子。」

他想起身，卻又緩緩重重的吸了口菸：「阿淳，咱鄉的人風評得很厲害，你敢會相信？」

阿淳笑了笑：「阿伯不是那種人。」

「正雄，你停著。」

兒子正要出門。

「透早出門，做啥？」

兒子悻悻的垂著頭：「要去開會。」

「啥會？」

「阿爸，您已經知道了嘛！」

「是啊！全世界都知道了啊！」他大聲怒斥：「知道我鄧火土是一個雙面人，出了一個刀面浪子。」

兒子抬起頭，一臉的靦覥。

「到我房間來。」

他重重坐在太師椅上，對著站立的兒子說：「我前世欠你的？少年學鑄鑼，搖鑼鼓，吃苦吞辣，養你，做什麼？我鄧火土——哼！」

「阿爸！」

「你和人家爭什？阿淳是我叫他出來的，你也出來，別人怎麼講我，風評我鄧火土？」

「阿爸，清者自清，濁者自濁。」

「咳！」他跳起來：「你講啥大道理，我不懂哪？你，你，你——」

兒子平靜的說：「誰都可以參加競選，阿爸，再說，再說，我不要你的支持。」

「什麼？」火土喘著氣。

兒子一轉身正要出門，火土叫住他：「正雄，你不要走。」幾乎是哀求：「正雄，你可知林淳伊家對我們的大恩。」他痛苦的說：「你知道的，阿爸學過鑄鑼，沒有林家就沒有今天的我們。」他抬頭仰望天花板，環視四壁。

「我知道，但是，阿爸，你難道要把他們全家供奉一世人？」兒子的語氣轉和緩：「如果，阿爸，你不放心，你對我沒有信心，永遠都認為我只會花天酒地，我——」兒子別過頭。

「正雄，人活著就是要會做人，要讓認識你的人，都知道你是一個眞眞正正的人。」

「做人？阿爸。林淳伊阿爸只是給你那麼一點資本，那就是做人？沒有你的打拚，那是做人啊？」

「正雄，你怎可講這？」

「阿爸，我知道怎麼做人。」

火土不由得再冒起火：「你連這都不識，知什？還想做鄉長？」

「阿爸，眞的，我不要你的支持，一毛錢都不要。」

「你閉嘴！」

鄧正雄沒有登記競選，他當著老鄉長面前，在伊死去的母親靈位前，焚去了表格。老鄉長在暗中進行了二項工作，第一項是替林淳助選，第二項是爲鄧正雄物色妻子。當然，所有的傳言，所有對火土伯的風評都已化消，人們見了鄧正雄倒有幾分同情和惋惜。

對於父親的話，鄧正雄並不感到驚奇。

「對方條件很好。」

他點點頭，玩笑的：「阿爸，我的條件也不差啊！」

火土是頂高興的。

「我想，阿爸！我想，娶某後，做一點事，除了店以外，你會贊成嗎？」

「好啊！什麼事？」

「娶某以後，再決定。」

「呵呵！你開始用心機哪！」

火土笑了，正雄的臉上有頑皮及狡詭的表情。

「不做鄉長，做頭家總可以。」

父子一齊哈哈大笑。

正雄轉身端來一個磁碗，很細緻的花紋淺雕在精巧的磁蓋。

「阿爸，您嚐看——」

「這麼香！」

「猜猜是什麼？」

「該不會是迷藥吧？」他打開磁蓋：「哇，黑沉沉的，溝仔水啊？」用湯匙攪了攪。

「比茶有味，阿爸！」

他用湯匙盛了點，細心的嚐：「好苦！哇！」

「哎呀！忘了加糖。」

兒子把紙盒撕開，嘩的拋下幾顆方糖，他用湯匙擠碎，咖啡裏混起一股白濁。

他整杯端起，呷了一口，滿意的看了兒子一眼。

「阿爸！您喜歡的話，我每天泡給您喝。」

「是什麼嘛？」

「咖啡！」

鄧正雄的婚禮，便以咖啡代替傳統的甜茶。

不久，老鄉長的傳奇又被不斷的敍述傳誦，他兒子競選鄉長不成，卻娶了媳婦的事，以及那間新奇裝潢，未開業先轟動的咖啡屋，也被愈說愈富趣味。

整條街都像被煮沸了，比競選鄉長還熱鬧；榕樹洋貨行改建成四層樓百貨公司的型態，店名更爲綠鄉百貨公句，那帶著神秘的咖啡屋便矗立在百貨公司的頂樓，剛開始，參觀的比買及喝的人還要多幾倍，後來，鄧正雄請了看門的年輕人，穿拖鞋、木屐的人一概謝絕入內。

每一天，綠鄉公司裏擠滿了人潮，咖啡屋更是座無虛席，但是，除了開業那一天以外，鄧火土再沒出現過。

分駐所所長已經來過幾次，他沒有喝老鄉長奉上的咖啡，也沒有接受一支香菸，他是來退還鄧正雄托人送到他家的禮盒，連禮盒他都未打開。

老鄉長尷尬的送所長出門，只覺得渾身虛乏，三月的日頭忽的燦亮得滿眼澄黃金亮的星子，一顆一顆的擊向臉，在臉上碰撞，耳蝸裏匡匡的響不停。

媳婦的態度已使他感到十分困擾。這刀面浪子！他在心裏忖咒著兒子。

幾天來，媳婦的眼睛一直是紅腫的，而兒子早出晚歸，他曾刻意要等待兒子，但總是沉沉的睡過去，連夢都未做，睡到天亮，昏昏悶悶的醒覺，等他從榕樹返來，兒子又已出門。

已經入夜，老鄉長決定到街市一趟。

許久未上街了，那是因爲他覺得非常疲倦，也病了一場，沒有病因的病。他覺得風光的日子已經像冬日的枯枝；也該休息了，何況兒子已足可撐門面。

撐門面；他想著，又咒兒子一聲：刀面浪子！

踱著望著，慣性的跟路人點頭打招呼，他可以安心的走，不必顧慮脚下有石頭或窟窿。林淳眞是要得，上任不久，就把陳舊殘破的每一條鄉里道路都修整一翻，年輕人就是年輕人，自己幹了近十年的鄉長，從來就沒想過要修路，眞慚愧呀！他自言自語。

守門人一看老頭家駕臨，忙迎上去，眼睛瞄著老頭家的脚，老頭家穿著一雙拖鞋。公司裏熱鬧鬨鬨，上上下下的職員都格外忙碌，兒子並沒有下樓，經理室設在四樓咖啡屋。

他直步上樓，迎他的是顧客及職員們的熱情眼光，他只是點頭，臉上肅然。

眼前，山洞的森冷及黑黝直轟過來，陪他的什麼部的主任輕聲說：這是咖啡屋，他以爲是視覺的迷幻，揉著眼皮，黑黝幻成腥紅。

「小心啊！阿伯。」

那人話未落，他一腳踏空，膝蓋碰到樓梯的水泥階，他突地暴躁起來：「打開燈。」

「啊！」

「開燈！」

他大聲吼叫，引起黑暗中一陣急迫的騷動，希希索索，杯盤碰擊，匡匡噹噹。

服務生急急的過來，手上執著的手電筒一齊照向老鄉長，他一把搶過手電筒，從地毯向上照，照出短裙艷妝的服務生，一臉驚慌。

那人小心的賠失禮，半拉半扶的把他送進經理室。

「人呢？」他問。

「經理，他，他——啊！阿伯，您怎未在家休憩？」

「我問你，正雄呢？」

「我——」那人堆著一臉笑，吱吱唔唔：「應酬啦！阿伯，這是生意郎的……。」

「哼！」他坐在鮮紅的沙發上。

「你是幹什麼的？」不等他回答：「四樓爲什麼那麼烏索索？誰改的？」又說：「你走吧，出去！」

那人走後，他反鎖上門，環視著室內的擺置，竟使乾涸的眼眶泡滿淚水，歡喜與失望在內心交流。從桌上瑩潔的玻璃板上，他看到一張鏤著疤的臉。

也不知坐了多久，好像一切都死靜了。

他悄悄開門出來，摸黑步下四樓，百貨公司的生意不錯，出了公司，他獨步向那株被雷劈剩半的榕樹，在樹下坐著，心頭鬱鬱重重，便急步返家。

媳婦蓬鬆著頭髮出來開門。

「伊還未回來？」

媳婦勉強笑著說：「怎會這麼早回來呢？」

「正雄，你到底是不是我的兒子？」

媳婦在旁冷冷的看著他，親家的人坐滿客廳，他是冷靜的，然而，正雄竟然一臉不屑，沒有聽到他的話似的。他必須保持風度，他們仍稱他老鄉長。

大家看著沉默的鄧正雄。

媳婦把印章放在茶几上，旁邊是同意書。

空氣裏因鄧正雄的脚步聲，而有了爆裂的效果，他穿著一雙高跟皮底的長靴，紅格襯衫，唯一不潔的是他一頭亂髮。他走向茶几，胸有成竹的坐下來，握著自己的印章，很乾脆的壓印下去，穿著整齊的媳婦看著她丈夫，她的手顫抖不停，終於在紙上，也蓋了印。

她的臉那麼瑩潔明麗，走向他，而老鄉長垂著頭，咬緊牙跟，勉強的叫媳婦的名字。公證人宣布了結果，鄧正雄在律師的陪伴下離去，老鄉長沒有阻止，他只覺得兒子再也不是小孩了，從老伴死後，他教養鄧正雄就像一個婦人，現在，他感覺自己是棄婦，比媳婦還可憐。

他呆坐著。他們的話語由低微到高昂，有人拉開窗帘，初夏的日頭一下子把強烈的光線射注入室，他以掌遮附在額前，人們的話聲愈益高昂，媳婦過來，端著一個古色的瓷杯，他聞到咖啡香，忽然昏迷起來，眼前的每一張臉都扁平如鑼面，日光很強，在鑼面上，映旋著鑼上的細痕，他想抓住什麼，卻聽到瓷杯碎裂的聲音。

輾轉幾夜，老鄉長的心神一直在極度不安中。他想到還留在鄉里的老朋友們，卻又提不起勇氣去看他們。夜深，屋子仍亮麗著雪亮的燈光，他把在鄉長任內所獲贈的銀杯、銀盾、橫扁、中堂字畫、錦旗，一件一件的揩拭乾淨，事實上，家裏的兩位女傭每天主要的工作便是侍候這些東西。

老友們應該來看我啊；老鄉長自忖著。

這世人夠本了嗎？想到素香，他不禁傷感起來。三十來歲才結婚，四十歲死了妻子，幹了鄉長，出了個刀面浪子，老來才受氣。唉！他歎著氣。

翻動古昔的物件，眼眶裏老是盈滿水氣，眞是老了噢！

他緩緩的吁了口氣，一下子充實起來，緊托住從箱底翻出的小鑼，整個鑼面都泛著青綠，但是，他長久的空虛，一下子被塡實了。

門鈴被斷斷續續的按著。

他咳了兩聲，不想叫女傭去開門。

直到他大聲的喊：誰人？門鈴才停。

門外是兩個男子，很面熟的，令他厭惡。

「找誰？」

「老頭家……。」

「急什麼？我就是鄧正雄的老爸。」

「老頭家，請您先冷靜下來——」

「什麼？」

大男人結結巴巴的：「老頭家，您冷靜咧——經理，經理伊出大事了，老頭家，您要冷靜。」

他想搧過去一巴掌：「你講什麼？」

「經理，出車禍了，現在在急救。」

他沉吟了一下，往屋裏走，那兩個男子跟進。

「很危險？」

「很危險！」

「好！你們去負責一切。」

他掏出煙斗，安祥的抽吸著。

老鄉長巡視著公司，對於經理的車禍似乎無動於衷。

他步上四樓經理室，吩咐清理帳冊。

綠鄉百貨公司及綠鄉咖啡屋的生意仍然很好，老頭家並沒有給員工意料中的震盪，只是查看著每一冊帳，苦了會計室的職員。當然，咖啡屋的厚窗帘和燈也獲得改進。

醫院通知他簽字，以便鄧正雄動手術，他意態闌珊的乘車，意態闌珊的蓋了指模印，連看也不看，又趕回公司。

他有點冒火，後面的車子直超車，擋住他的視線。

噹噹！噹！噹！噹！噹！噹！噹！噹！……。

消防車的鈴聲掠過車前，接著便是警車聲。

司機將車剎住，停靠在一邊，等待消防車、警車車列通過。

「這呢大陣啊，敢是大火喔？」他問。

遠遠的望過去，街市那端冒起一團濃厚寬大的黑煙。

「燒得可厲害咧，這兒都看見火舌，火舌吐向半天頂啦！」司機指指前方。

「是啊！」他附和著。

「咦——」他驚叫：「啊！快走，快走！」

司機看他臉上突起的慌亂，也急急的啓動引擎，向前方馳去。

他睁著眼望著那一柱濃厚的黑煙及熊烈的火舌沖向天空。

「停車！停車！」

未付車資，他衝進人海，衝到消防車前，卻很輕易的被人架住，人羣中起了喧嘩。

消防車列的水龍一齊噴注向四樓，老鄉長昏倒了，火勢起得太猛，三樓、二樓都已燒著。

有人喚著：「鑼仔土、鑼仔土。」

鑼仔土。鑼仔土。

他醒轉過來大聲呼叫：我要去看阿雄，阿雄是我的囝仔，阿雄是我的囝仔。

找了一夜，他們像尖兵般的搜索著。

有人說：老鄉長最喜歡在大榕樹下靜坐。

有人說：可能，他在阿凮老爹的墓園，那是不久前老鄉長特意新築的。

到了曉色從東邊透出，他們仍找不到他。

分駐所的警員也忙了一夜，查問了車行、計程車、旅社，就是沒有老鄉長的影子。

有人懷疑：老鄉長躲在燒燬的公司殘垣堆裏。

那兩個女傭吱吱喳喳的，驚惶不已，鬧著要辭職。

一個放牛的小孩，說他聽到清亮的鑼聲，從庄外田郊的一個小山坡傳出來。

一行人便向小山坡進發，他們果然發現他。

沒有人勸得動老鄉長，他無視於他們的干擾，手執著那面小鑼，哼哼嗯嗯的吟著，敲著那面隨身携帶的小鑼。

「去請金利伯來，伊和伊最好。」有人提議。

金利伯持著拐杖，踱到老鄉長身邊。

他們看著兩個老人，靜靜的坐著。

「鑼仔土，你唱歌嗯！」

「鑼仔土，鑼仔土——」

金利伯端詳著老鄉長，他也不再講話。

「鑼仔土，來，我和你唱！」

金利伯以掌擊膝，跟著老鄉長吟哦起來，站在不遠處的人羣，不禁爆出笑聲，年長的鄉人說他們唱的是三十年前，火土伯風靡四方的鑼鼓仔歌，有人低聲談起老鄉長少年時的情景，老鄉長搖鑼鼓，邊走邊唱的身影似乎顯現了，又有人說：老鄉長是一個孤兒，被阿屘老爹收養。

大家靜肅下來。

「好了，鑼仔土，都啞了。」

金利伯的手搭在老鄉長肩上：鑼仔土，鑼仔土的叫著老鄉長。

老鄉長終於止住歌聲。

「阿利，多謝你，我沒怎樣，你免誤會。」

「我知啦！我知啦！你坐在這一晚了，你看，日頭都起來了。」

「阿利，我沒怎樣。」他撫著那面小鑼。

「哎呀！三八兄弟，誰說你怎樣嘛？」

金利伯站起來揮手趕走愈聚愈近的人羣。

「我敢會傷心！阿利，我只是鬱窒得難禁。」

「我知啦！三八兄弟。」

他仍端坐著。

「你看日頭都起來了，漸漸炎了啊！」

「是啊！日頭都起來了，阿利，你承認你是老人嗎？」

「咈咈！」金利伯笑著，引得站在外面的人也笑起來。

「阿利，你看，日頭要炎了。」老鄉長站起來：「我還要去看我的囝仔，他被撞傷了，你敢知？」

「我知啦！他很快就會好啦！放心，放心！」

「阿利，來──我們再唱一曲。」

「再唱一曲？哈！嗬嗬嗬嗬！」

「哈呵！唱一曲，唱一曲──」

來來來嘝！鑼鼓仔，來嘍！

思想起──起──起──

思想起那少年郎仔──

實在是使奴──

夜半三更睏未去──

月也光光，奴心凄凄，思想起伊──

且離眠床起來對著鏡自妝胭脂。

思想起——

來來來！鑼鼓仔！來嘍！

來嘍！思想起……

聲音愈唱愈沉愈微，是一曲三十年前的鑼鼓歌。鑼仔土的臉上湧出紅潮，他興奮的望著將炎的日頭，喃喃的說：「我要去看我的囝仔。阿利，你看——日頭！」

阿利伯似懂非懂的點著頭。

——原載一九七七年十月《台灣文藝》第五十六期（革新版第三期）

奔

旺仔對牛車路老被號稱耕耘機的鐵牛佔住，當然也會有些惱怒，因爲牛一聽到引擎聲，不管遠近都要停駐下來，對空一長鳴，搖響頸上銅鈴，回頭瞪視一番，才肯再向前，有時必須揮鞭一笞，牛步才會快些。

耕耘機在旺仔眼裏，倒也是一隻赤紅淨亮有力的鐵牛，時常在一起犁田的火生常常怨訴沒人請犂田，都是幹××的鐵牛的囂張了，啐了口檳榔汁，恨透骨的又咒了聲。

「誰人功夫好，誰犂田。」旺仔輕鬆的說。

火生還有阿林都是從十四歲就一起駛牛犂田的伙伴，棕櫚鄉人都知道三個少年是三劍客，除了自家有犂、牛外，誰人的田都被三劍客犂過。

「叱！」阿林睨他一眼，猛吸口菸，從鼻孔裏噴出濃青滾滾的煙霧。

「當然嘍！你功夫好，你犂田。」火生不滿的說，檳榔汁吐得埂上盡是。

「哎！我怎是這意思啦？」

自從火生、阿林迷上四色牌，旺仔便不常和他們湊在一塊了。

「好了，我不是來和你吵架的啦！」阿林站起來，拍拍衣袖，和火生對望了一眼。

「呀——啊」旺仔執緊繩索一抖，喝了一聲，牛順著剛才的犁痕前進。他們走遠了，花襯衫在亮麗日光下招展。牛尾巴甩在脊背上，趕跑了停在上面的蒼蠅。

那頭傳來喘急似的引擎聲，牛果然停下來，剛好犁到田中央。

「呀！喝——來！」

「呀！喝——來！」

牛是不準備地步了，拗執不過；引擎聲已逼進小河溝，繩子忽的微抖，牠低聲吟著。

「都快四歲了，還那麼怕，這恁無膽。」卸下犁耙，牛身子抖得更厲害，引擎聲愈吵愈大聲，旺仔回頭，看那駕鐵牛的阿宏把機器止在田埂側牛車路上，朝他這奔走。

「哎呀！耙刀被石頭打斷了。」引擎仍在吵，阿宏大聲說：「旺仔，這區田犁好了，你幫我犁陳伯的田。」

牛忽然猛力掙脫繩綰，拔腿向斜方竄去。

回家時候，電視劇已開演了。

黑山伯當然不相信兒子制不了一頭牛，但旺仔的虎口傷痕卻是事實，還一身爛污，旺仔說是勝平村大池塘的泥巴，牛起牛性踐壞了一區新抽芽的蔗園，竄逃到三里外的勝平村大池塘，旺仔找到牠，牠還要用角牴旺仔，牠背上新印著旺仔抽打的鞭痕。

此刻牠蹲伏下來，沈默細心的咀嚼一綑馬草。

黑山伯待看完一集戲，才捧著蓖油到牛欄，細心的審著牠，並用羽毛醮蓖油叱在鞭痕上，牠垂著眼睛，不動的身子伏得更貼地。

這牛自兩歲半就已下田牽犁，是偉健的畜牲。

旺仔也跟進牛欄，恨恨的咬著牙根。

「已經好久了，都是在使性子般的難牽駛。」他抱怨著：「該打的！」

父親細心地輕手輕撫的爲牛背醮蓖油，喉間發出安撫似的：「哦——哦！哦！」那是餵牛犢吃草時的慣性聲音。

牛一動都不動，連耳朵都垂下，只有鼻息聲，沉沉泣泣的。

「你來，旺仔。」黑山伯喚。

旺仔湊近牛頸，頸上除了一記牛車套架的印子外，光淨烏亮。

「頸上無毛，肩胛也鬆軟，好牛哪！」黑山伯又強調：「好牛哪！」

「好牛，壞性子。」旺仔說。

「嘿！你不對牠客氣，牠性子當然不好。」好像牛是人非，那片蔗園活該踐踏，人也活該傷手似的。

「明日，我替你去駛。」黑山伯說：「我不相信牠會歹性子。」

次日的中午時分，有人發現黑山伯追著牛，越過小鐵軌，向東邊圳溝奔去，牛在前面，人在後面。

直到牛毀了一間初搭不久的鴨寮，把一羣鴨子趕得東飛西躲，鴨寮主人都被牴下圳裏，黑山伯才喘咻咻的趕到，而牛在不深的水裏，大步大步的順著下游邁開步伐。

黑山伯邊喘著氣，邊扶起趴在圳坎，嚇得嘴唇打顫的鴨寮主人。

牛都快走遠了，才借到新索，打了個結，黑山伯在鴨寮工人的助陣下逐漸接近牠，嘴裏伊哦伊哦的喚唱著，牛連睬都不睬，兀自走著，水較深了，牠的速度慢了些，顯然不是泳將，黑山伯仍喚著，趕到牠前面，兩手一振，索圈飛落下去，而牠把頭一偏，繩圈套進左角，牠也停止前途，睜著眼瞪著。

「哦——哦——」

「哦——哦——」

人們屏息靜待黑山伯的下一個動作，黑山伯手執繩索一端，嘴裏哄唱嬰兒似的歌。

只見繩端振揚起來，漂亮的圈弧滾向牠右角，他把手一緊，牠的角被完全綰住了。人們驚呼叫好，一直沉默的牠嘶了兩聲，不再賴皮，倒也心甘情願上了岸。黑山伯嘴裏叫著「奇了！奇了！」也顧不得身後跟著好奇的人，自言自語個不停。

「山伯嘢！牛在發春啦！」

「嘿！」黑山伯看說話的人原來是隔村的李保源，便也回了句：「牠是太監啦！」

大家哄笑起來。

可不是自從牛墟買進後就閹了啊！怎會發情呢？自己的功夫自己信得過，棕櫚鄉那家的牛不是經過他的手閹的？有誰家買牛不請他去鑑識的？

「牠敢是有病？」李保源湊近牛身，牠嘶叫一聲，他連忙閃身向側。

「嘿嘿！小心牠牴人。」黑山伯避開話題。

「皮下赤赤嘅！」李保源又湊過來，揉著牛身上的皮毛。

「還眞兇咧！」黑山伯又避開話題。他極不願別人診視他的牛，牛有病，自己還不知道哇？笑話嘛！

「這牛勇嘅！」

「是啊！你看，後脚一跨，就超過前脚步。」

牛步幅大，也是矯勇的徵象之一，這牛可是從北港牛墟一步步走回棕櫚鄉的，那時牠還是小犢，便具有壯碩的身架，前腿肌豐厚得叫人驚歎，黑山伯不假思索不討價還價便買了下來。鑑牛無數，這可眞是一隻道地的好牛，一買回來，便轟動棕櫚農家，人人爭相評讚，也因此，黑山伯便不再推辭「專家」美名。

這如今，牠敢眞是病了？

回到田裏，牠柔馴的犂完未了的田，黑山伯卻是心裏一陣緊，愈想愈覺離奇，便卸了犂耙，套上牛車回家。

旺仔幫忙檢視，牛身上一切都很正常，肌膚的溫度也是和平常一般的暖。

辭去下午的工，黑山伯兀自躺在竹林下，不時看著綰在一邊的牛，直到日頭軟軟斜西。

「嘿嘿嘿嘿嘿嘿……。」他笑了起來，自言自語大聲的說：「我知！我知！我知啦！」奔去屋前，叫醒聽收音機睡著的兒子：「知啦！知啦！」兒子揉著臉，他一手拍腦袋，一手朝空中揮：「旺仔，旺仔，我知啦！我知啦哎！我知啦哎！牠累了，倦了，懶了，想休息啦！和人一樣咧！」

父子倆又來到屋後竹林，看著牠在反芻馬草，嘴邊還殘著涎沫。

「看嘛！看嘛！人似的，人似的。哦——哦——哦——幹！奸狡的牛。」

牠仰頭長吟，頸間的銅鈴叮噹響。

黃昏時，把牛牽進欄裏，又壓了一束長草，牠仍是意猶未盡的咀嚼著。

看完連續劇，父子倆和黑山嬸又到欄裏探望牠，牠蹲得好好的，一聲不響，大眼睛兀自溜溜轉著。

旺仔亮了手電筒，牠揚著尾巴，嗚叫起來。

「哈哈！奸狡牛。」黑山伯滿意的又愛又恨又氣的拍了牠一下。

「爸！」旺仔叫：「不對啊！」

牠瞪著燈光，一點也不眨。

「不對？」他應著。

黑山伯覺得抽搐了一下。

牠的眼睛滿佈著紅絲。

「咦！嗄——」

「怎麼變成鱔魚目嘍？」

「哎呀！」

牠毫不畏懼的看他們。

「伊起了惡性。」黑山伯下結論。

「可是……。」

「我總不會看錯啊！」牛眼裏的血絲在燈色照映下，格外分明，像是極色的紅辣椒皮，細條細條的貼在瞳仁上。

「眞是惡牛？」旺仔撫著牠的背，牠，牠卻掃過來一尾巴。

「別惹牠。」黑山伯翻牠眼皮時，牠用角牠了一下。

牠是傲慢了。

事情發生得太突然。

旺仔拿著鐵叉衝進牛欄時，黑山伯倒在血泊中，黑山嬸頹靠在竹壁，牛正牴著她的變形的臉。

就在黑山夫婦倆入棺的那一天晚上，那隻牛被偷了，許多人都找不到牠。而隔天一早，就有人發現大圳坎殘著一灘淤乾的血，以及一堆灰黑的毛髮。

旺仔從此以後，便離開棕櫚鄉，但誰都知道他就在東勢的一家米店裏當工人。

一袋一袋的米穀從晒穀場扛上貨車，運回米店倉房，又一袋一袋的從車上扛下來，扛到磅稱鐵板上，女會計玉筍般的手撥著秤鐵，嬌呼著：九八六・一一〇六・九〇〇。一袋一種重量，一種重量便是一串數字，數字從伊嘴裏呼出，似要減輕了些。伊的手飛快的在複寫簿上寫計一車的稻谷重量。

「二四六六・四八〇。」伊對著賣出稻谷的農家說，還用眼角睨他。二四六八・四八公斤不是一擔重，一個多小時，他承擔了這個偉大的數字，汗早已溼透胸背，他吸了口氣，胸部更昂挺些，伊正在睨他，他裸裎著上身。

粗略的擦了身，該好好吃一頓了，今天扛了將近一百袋的穀子。他旋動著上肢，也實在酸疼得太過分了，雖然很滿意今天的成績，有將近六百元的收入。

嘿！如果願意，他可以拿出今天全部的收入請伊到北港看一場電影，還吃宵夜。可惜，他只是伊嘴上的「戇旺仔」，想著，他爲自己的幻想感到好笑。

添飯時，他仍持著他特用的大碗公，他們和伊每餐都要笑一次：「戇戇呷三碗公。」

他曾經正經的告訴伊，他第一個願望是買一部鐵牛耕耘機，回到棕櫚犂田。沒想到伊竟封他爲「農耕隊隊長」，還大肆渲染。

添了第三碗，伊正在喝湯，偷偷瞄他用飯匙把碗公裏的飯壓實，忍不住笑出聲，把一口湯噴得一桌。大家明白究竟，嘩的又哄笑起來。

他總是最後下飯廳，伊形容他是牛一般的胃，牛一般的食量。

一路上便是那麼嘻嘻唱唱，到了澄清湖。

走進樹林，一伙人忙進烤肉、野餐，都近午了。伊發現旺仔不見了，大家爭著吃肉，不忘笑伊在掛念旺仔。

直到大家收拾妥當，準備登車，才發現伊也不見了，於是引起一陣哄笑。

店頭家看時間不早，叫大家在附近找，找了許久仍不見女會計和旺仔的影子。他們開始著急起來。

待廣播尋人不久，才見到伊和旺仔一前一後向車奔來。

伊一臉羞紅，見了大家便埋怨起來：「戇戇啦！旺仔，跑去那片草坪，像一隻牛似的趴著。」

上了車，伊未落座又演講起來，車子一起動，伊一不留心，人仰向後，剛好靠向旺仔身子，嘩——工人們又笑起來。「要死啦！」伊嗔怪著。

「叫他返來，他的牛性子發了，還不睬人呢！」伊繼續說：「就這樣的呆呆戇戇著，聽到廣播了，他才邁牛步走回來，還是我在後面推著，像牛一樣推也推不動，眞氣人呢！」從車窗透進的風吹亂伊的髮，散了滿臉，伊慌忙坐下整理起髮絲：「眞氣人哪！」

旺仔忽然站起來，走到伊座位邊，俯身向伊，用大家都能聽到的聲音說：「李小姐，眞失禮哪！」

「嗯——哼！」伊吟著，大家又湊熱鬧地鼓掌。

「我，我是在想，在想……。」壓低音量，認眞的吶吶：「在想——在想那一大片樹林仔，那一片草園，如果飼著牛，飼著眞多眞多的牛……。」

不等旺仔說完，伊又恨又急的站起來叫著：「眞氣哪！眞氣人哪！」

車內爆起一陣呼叫的喧鬧聲，司機也笑踩緊油門，車子便急奔向棕櫚鄉。

——原載一九七八年三月《小說新潮》第一卷・第四號

蠱

在街上遇見她，媚亮日光在她一身軟綢碎紅印花衣衫上燦爛著，盈盈淺笑底臉，眼角揚挑起嫵柔婉約萬種風情與那賣魚男子談話。

李振楞了楞；是嫂嫂麼？新寡的嫂嫂麼？仰臉，日光嘩嘩瀉映下來，一片濛濛腥羶忽地罩下，他揚手遮在額際，深吸口氣。嫂嫂接過一條青魚，那男子輕佻地在她裸白臂上揉擊，她倒是沒有拒絕地千萬情意，又是一疊清亮笑聲，迴身，衣衫下襬劃了一圈漣漪弧形，舞台上花旦步調款款的走，那樣小心移動。他定定望著，忽然嫂嫂回頭，眸子裏還漾著笑意，賣魚男子隨意撩起一聲口哨，倏地李振的視線和她在販魚男子攤車子猝然相遇，來不及躲閃，她臉上眼裏濫柔猛地換成驚愕，隨即她悲情的臉清晰地走近。

「阿嫂——」李振緩緩喚她。

「哦，振弟……。」低頭，喟歎了。

李振走在她身側，她臉上淡淡胭脂、淡淡香味，也只是默默。

開了廳堂，嫂嫂箭步上前，燃香、遞來，肅然冷靜立著。李振將香杜揷人青新鼎爐裏的檀塵，那塊灰黃的牌位就立在爐後，他凝視上面深黑的字，驀然嫂嫂引著悲笳般哭嗚匍伏下去。他慌忙退後。她油黑的髮垂向前臉，隨意亢低哭嘶音調，她薄狹的肩聳動著，她白緻的後頸那樣裸露。牌位上，阿兄臉悄悄懸住，冷冷白白，沒有表情，卻是逐漸逐漸模糊，模糊；牌位深崁入的字，亡夫李丹……。啊——那寥寥可數的字被彈起，紛飛，擊出。他緊緊閉住眼睛，用力咬唇。

不知什麼時候，嫂嫂的手牽執他：「坐下吧。」

他睜眼，嫂嫂暖暖手向下按。他坐下，手離開她。

她又是一張柔亮的臉，抬手拂理眉前的髮絲，長吟：「一年了——」看他，又面向壁上灰白的遺照。

「多虧妳，阿嫂。」

「唉！今日我買了魚肉祭你阿兄，只是他再無法嚐到他生前最愛的鮮味……」

「咦！小孩呢？」

「喔。」她曖昧而悲傷：「振弟，你說這年來，我如何生活？你知你阿兄連他自己棺材費都帶到地府去，我一個弱女子，我的氣力——」唱戲般喉頭一結，哽咽：「我燃香問過他——」指著壁上，阿兄的臉依是灰白，那樣冷冷睇著。

「你阿兄也同意了，同意了。」噤聲，又要吟泣的低頭，再緩緩揚起悲傷的臉：「我又捨得離去他們？」兀自搖頭：「是你阿兄的骨，我的肉，但是唉振弟——我又怎忍心使阿波、阿青過著冷冷落落無父、無衣、無食的日子啊！」

李振心頭一緊，睥睨阿兄遺照，彷彿阿兄的臉要彈出來，阿兄肅肅的臉要逼近他，他眨眼極力辨識牆磚暗赭色彩，避開遺照，眼角泛起一股溼熱。

「這世間有冷、有熱，要不是漁會的陸先生這五百、那一千的幫助，阿弟你今天返來，你阿兄的週年祭那有魚肉？那兩個小毛頭也是陸先生介紹予人領養的。」與高采烈似在述說得意事：「聽說兩個兄弟甚乖巧的認人，嘴巴甜得不得了，都要把我忘了也！」

「我要去看阿兄墳塋。」李振站起。

「唉！你知上月颱風駭人，整片山坡地都被沖壞，我正想趁今日去探探。」

嫂嫂攜了鐮刀，圓鍬走在身畔。九月的風習習吹，雲朵很豐厚很低，是燠悶的下午。極目，一片繁華太雜亂，水沖垮一處坡地，看來很突兀，斷垣似地引發人的蒼涼心思。

「咦！」嫂嫂止步：「是這裏啊！」

李振也向四邊搜索，叢草繁滋，脚下忽地一陷，拔足，他錯愕了。

「啊！」她驚呼。

沉黃腐爛衣衫一角在淤泥裏突出。嫂嫂持圓鍬踩下，掘起一團黃泥，幾片碎布雜在中間，李振俯身用手挖探，她的圓鍬碰出脆響，一只暗赭深罈斜斜刺在土裏。

他用力扶起骨罈，深冷的觸覺沁入掌心，罈面映著嘩亮的日光及他的臉。他哭出聲。罈面一片迷濛，終於李振嚎啕，且用力的擁抱那只骨罈。

傍晚，李振將骨罈捧回廳堂，便懨懨鬱鬱上床，嫂嫂溫柔的用熱毛巾為他拭臉。「是感冒了吧！」嫂嫂又擰了把熱水：「看你，趕著夜車回來，那樣匆緊，又餓著身子，你阿兄有知的話，也要感動落淚的。」

俯身又替他拭了頸子，他睜眼乍見嫂嫂豐美胸脯，她暖香體味襲人，他趕緊又閉眼。

「睡吧！」她拉開新白被褥，蓋住他身軀：「明日，我無論如何也要央人替你阿兄覓造一處佳城，睡吧！」

她梨梨走離臥室，留下一陣香醇。他記得阿兄最愛買脂粉給嫂嫂⋯⋯。

也不知怎的昏沌睡著，醒來，無數巨大怒放白菊花，一朵朵疊著鋪著，是窗外進來溜亮的月色；像歷經一程遠距離奔襲似急行軍，渾身疼酸，喉間咯著一口痰，摸了紙用力吐，心都要出來。啓亮燈，上身眞溼得很，臉上也是，用手拭，嚇住自己；竟是一身一臉的血，吐出的痰粘糊糊的也是血，才一低頭，鼻孔急瀉出兩渠豔色的血，滴在胸前，滴在素淨白被單上，這才慌忙仰頭躺下。花亮日光燈照得刺眼，照出一片糊爛爛的血紅，暈極了便閉眼，鼻間的血卻不停，可以感覺血順人中向下向兩側分支一直流，擊額，張口，忽然像溺窒那樣無助得要掉淚，阿兄——阿兄……

退伍前便得知阿兄病重，從戰地趁船返台，卻遇見颱風又誤了數日，好不容易下了船，直奔返家鄉，阿兄的精神好得很，表情卻是怪異得可怕。

那夜，阿兄柱杖坐在廳堂裏，嫂嫂忙著工作未歸，阿兄忽然要求他去做菜。他要吃阿弟親手烹調的鮮魚湯。端出來，阿兄嚐了一口，忽然按住他的肩膀，慘慘的哭了，他再也忍不住跟著也把胸懷的鬱窒洩放出來。

就在那晚，阿兄悄悄走離了一切。翌晨，嫂嫂清理被褥時突地驚呼起來，阿兄默默的躺著，黯白的臉沒有表情……哦！阿兄——

嫂嫂堅持要火化，他堅持要墓葬，最後便是葬了阿兄骨灰和幾件衣衫。草草葬了，他便收拾行裝南下……。

嫂嫂姣美的臉蓄蓄怯怯低著頭望著微隆的小腹：「哦！振弟，你拿我當外人麼？你阿兄走了——」

「長嫂若母，阿嫂待我好，我可不能依妳吃啊……」

「唉——」嫂嫂長長吟喏：「家裏沒有男人，這可是，這可是……你看嘛！你阿兄走了，還留下這塊肉，唉！唉……。」

「我知妳的處境，阿嫂妳自珍重，阿波、阿清也大了，我當要儘力幫助妳——」

嫂嫂垂著手，送李振到車站。人聲呶呶，車站廣場日光爛亮，天邊一朵雲，世界要廣闊起來了啊！

他駭怕起來，世界不是一望無際的海啊……他揮舞雙手，水流入身體，在體內也湍湍流行了，整個人要透明了。啊……一張臉閃過，啊！阿兄，他輕呼。像抓住一株獨木，穩住了……是日光燈色，花亮亮的照著。臉上溼膩得難受。他唯恐鼻孔再流血，小心地側身仰臉，胡亂擦拭自己。

然後，李振疲乏的身軀莫名亢奮了。那樂園之花7號豐挺的胴體是如此的清晰顯現在目前。他深吸口氣，眞是叫人眷戀的7號啊！退伍都一年多了，卻依稀忘不了她醇醇的體香，如雲的柔亮地長髮從雪嫩的脖子垂下一匹溜溜地瀑布一直瀉下直到她柔柔薄薄的背脊，啊！漾蕩青春顏彩的眼瞳眨著、亮著，叫人跌落呵……。

血是凝住了，李振支撐起床，心底悚然一驚。這床不正是阿兄病臥過的？阿兄曾在這床上把體內的鮮血一口一口的咯出啊。啊！格外的冷了。

嫂嫂出現門口，叫他猛烈悸住，好一會兒才舒過來，嫂嫂手上端著一碗騰騰熱香的麵。

輕輕放在小茶几上。

「從巷口買來的，吃吧！都很夜了，你一定餓了吧！」

「哦——」喉間一團血痰。他掀被下床，一陣暈，天旋地轉忙扶住床架，嫂嫂急步上前。

「哎呀怎麼你臉上血疤疤？」

「是鼻血。」

她心疼極縐眉：「你躺著，我去擰水。」拿著毛巾走出房門，梨梨梨梨款款移步，像故意把香水味留下。

他靜靜躺著，等待。

軟溼熱香的毛巾在他臉上游移，嫂嫂輕輕觸撫，他閉眼，昏沉下去……。一股香便要醉人，哦！7號溫香的胸懷……。嫂嫂的臉俯向他，清醇芬芳在鼻間刺弄，他乍然睜眼，倏地看到紅綢碎花睡衣逼近，嫂嫂領口裏豐白胸脯。

「啊——」

「哦！我以爲你睡著了。」她自然地立直身子：「我都替你擦淨了。」

李振喘氣：「謝謝！阿嫂——」

「還見羞啊！」嫂嫂回眸，衣袂挪動。

他悻悻笑：「也不知怎的流得好厲害。」

「你阿兄以前也是的，常常我分不清是鼻血是肺裏翻出來的血，唉！」

她坐下，李振坐起。

「你吃吧！都要涼了。」

她端麵給他，小心翼翼的，他突然有種任性的激亢，當她把手從他掌中抽回時，但他還是抑住了，並且努力睜眼，沉默吃完那碗麵。

「近日，生意好吧！」她問。

「啊！」他明一種被揭開傷口的痛，本能的：「馬馬虎虎啦！」他在高雄碼頭當臨時搬運工人，而嫂嫂相信他是搞出口貿易。

「你晒得比你阿兄黑啊！你阿兄以前做工時都沒有這麼黑。」

「嗯！天天跑東跑西嘛！」

每日，除了日光、風、雨，還加了一樣從港裏濁滾海水裏溢上來的鹹臭，要返來前，李振還特地跑到三溫暖去泡了兩個小時，弄得滿頭大汗。

「還是你有出息啊！你阿兄以前到台北去討生活，不要說什麼啦！每天到台北橋去排隊，還不一定能——唉！過去的了，人有人的命。」

「阿嫂，我們爲阿兄重築一個墓好不？」

「那——唉，人家陸先生說得對，就那麼一盒骨灰還裝罈做墓，埋在地下，一層層束住，你阿兄想超生都辛苦，人家陸先生說不如存放在寺裏的寶骨塔，那——看你的意思啦，我沒有意見，再說，我那麼一點錢，上回，上回病那一場，把肚子裏那塊肉病掉了不算，錢也光了，要不是人家……的幫忙，我那有辦法生活？你想，我——又怎忍心把阿波、阿清留在身邊跟著我吃苦耐寒忍霜的？唉！眞是人有人的命哪！——」

濛亮燈下，她艷美的臉一朵奈何笑靨浮起了。

「也好。」李振吶吶：「其實我也是想讓阿兄有一安息的地方。」

嫂嫂正要開口，李振從吊在床前的褲子裏取出錢，遞去，她還遲疑。

「阿嫂，我知妳困難。」她伸手，幾乎是再度握住他，他抽回。

「眞的夜深了，明日再見吧！」

李振下床，送她出去，再回到床上，全身燥熱得非把衣衫全部脫棄不可。

醒來時，日光滿室，桌上是一碗溫豆漿和燒餅油條，他驚悸自己裸身，嫂嫂一定發覺了，甚至他再度亢奮了。胡亂著衣，她又立在門口盈盈笑著，一抹天眞。

「早啊！阿嫂。」

「早哦！」她故意上下打量他：「都大人哎，還——你眞是的——」嗔著笑著。

「我去買菜了，中午給你好好補一補。」她挽著竹籃出門。

走入浴室，他把頭浸在水裏，仰起，鏡裏，臉上千萬水珠滾滴著，日光從窗帘葉隙曬進來。

廳堂，依是冷冷，寂寂。那隻赭紅暗色骨罈立在八仙桌下，阿兄牌位底下，他朝牌位拜了拜，燃香，香煙嬝升，日光如塵，青煙在光塵中無忌的飄著，像被什麼吸著了，吸成一條蛇似的管道。

然後，他胡亂整理行李，沒有告別，便怯怯留下一疊日前領得的工資，迂迴過市場，想像那販魚男子在嫂嫂手上觸擊，嫂嫂的手軟白嫩如玉那樣清麗光亮啊。

李振默默上車。

過年，那件事便有了結果，李振爲伊嫂子做媒的事成爲佳話，那男子這般地就入門了，成爲素怡的新丈夫，素怡拗不過那男子，終於也在家門口懸了龍鳳相配的紅綵，在家院擺了數桌酒菜宴客。

一串數丈長的鞭炮溫柔自長竿上垂曳下來，遠望像是巨蟒那樣盤住，那樣張視來往的賓客。

中午十二時正，鞭炮被點燃，巨蟒一節節向上竄，先是叭叭叭叭慢慢爆，緊接著一聲挨一聲地響，終於亂成一團，巨蟒只剩下竹竿上殘破的紅紙頭和地上凌散的紙屑。人們仰望的臉從高角度到回復平視，每一張臉盎然著喜氣，尤其當大家都知道今天的新郎姓郎時，每張久經日曬的臉便被笑聲撲破似的。他們和李振都叫那男子：今天的新郎叫老郎。很少有的姓，哈哈哈老郎是新郎，新郎是老郎，酒席裏，大笑亂笑一團。

他是李振服役時的士官長，李振幾乎是要把他當成義父那樣對待，聽說某次演習，士官長救了李振一條命。

老郎慣於沈默，婚後第二天，夫妻倆送李振上車後，人們便看見他在田間工作，田，還是他出錢買的，人們總這樣傳說老郎有數十萬積蓄。

他眞是一隻會耕作的牛。素怡是更加豐腴了，日日亮著臉，香著脂粉，阿波，阿清也回來了，老郎把他們送進學校，人們不再忌諱和素怡攀談，就是女人也要找機會表示自己的關切和她談談說說。

流言，風一樣吹響，吹進村人的心。

某日，素怡披散著水淋淋的髮在廳堂裏唬哭不止，聽說是老郎毆打阿波、阿清，不准他們拜祭死去的父親，還要把那靈牌劈了當柴火燒，素怡苦苦哀求……

某日，老郎全身裹著紗布自街市唯一外科小醫院出來，聽說，阿波、阿清乘老郎熟睡時用布袋蒙他的頭，狠打他一頓，素怡發現時，老郎幾乎斷了氣。

老郎壯碩的身軀像木麻黃那樣萎死。是春天了，風還是嘶嘶吹，冷得要命。在田裏，人們可以聽到他沉沉啞啞哼唱，是戲，沒有人知道是那一齣，調子時高時低，時婉轉時悲亢，像是喟歎，像在呻吟。老郎是一株在風裏的枯樹了，並且他時常醉臥在田埂邊。

事件發生於北佳鎮的省公路上，距離村子約莫三十公里的郊野，昨日深夜，一輛美麗蘭美達機車撞毀在那裏，乘載的人不見了，直到警員循著牌照追蹤到老郎，那部一百五十CC漂亮新機車，誰都知道是老郎送給素怡日日上街用的。

他木木的跟著警察到現場，在路邊乾溝裏，一隻平底軟鞋，粉紅麻紗織的，頹頹拋在那。老郎一眼認出是素怡的，那是他體貼她，預備給她懷孕時穿的，是他特地到遠地買回的。另外，警員把在現場上發現的一副男用無色眼鏡，質問老郎是否是他的。老郎一言不發，點頭，今晨，警員找到他時，他猶醉伏在田邊一堆蔗葉上，他們把他當成肇事者。

他疲憊的胡亂走出派出所，風嘶嘶吹，冷。

素怡在床上呻吟，她續續斷斷哀哀說她流產了。

老郎默默的臉肅然，端坐廳堂，喃喃著。八仙桌上靈位青煙絲絲。

「老郎——」素怡在室內柔弱地喚。

「老郎——」

「老郎……」

她起身，顚躓出來，扶住門柱：「老郎……。」細細吟喚。老郎猛猛吸著菸。

「哦，老郎——」她終於把身軀哀頹下去，跪伏在他的面前：「你不要那樣痛苦吧，不要……」咽咽：「我……失禮啦，對不起你……啊——老郎——」

「我知你，老郎，我知你心鬱窒，但是我心也不平和，那倆不肖子用心用意在欺侮你。我……難爲哪難爲哪……我去賭，實在實在也是心鼓燥燥的，啊——老郎，我……我對你失禮哪！」她抱住肚子，更是椎心地飲泣，老郎木肅的臉，滾下一串淚抑住哭聲。扶起她，抱住她，她反擁住他，他的蒼老的臉埋在她雲雲的髮裏。

過了數日，老郎在河圳中游的青草坎地搭一間木屋，一家人草草住進。

傳說素怡不僅將房契以及那塊老郎用退伍金買的田地全部輸給外庄的賭棍，甚且還與男人們鬼混。

老郎利用屋後餘地種青菜，日日守住那狹窄的畦地。

三月天，晨露還重。

「喔操他的——」老郎蹲下，細細審視地上。

「哎呀！××……。」他兀自哼唱了一句音詞不清的歌或戲，整個人俯下去，趴伏在地上。那微小細嫩的一簇簇那樣溫柔的綠呵！

透明瑩潔的綠苗啊！老郎舉起粗厚的手在綠苗的上頭小心的搧動，呵著氣。

他兩膝兩手儘是畦溝溼黑的土，像在跳一支部落的舞，揮舞起來。太陽還未亮起，天地亮濛濛的。他逼進柴門，輕叩，然後推開。

帳內，素怡甜睡的臉萎頓著。他輕快的撩起，撲在她身上。啊——素怡猛驚醒：「要死啦！」

「哎！俺跟你說，長出來嘍！長出來嘍！」像唱出的：「哇操你的奶奶，眞的呀！」用力一托，把她上身扶起，她慵懶的眼睛，恨恨睨他一眼，閉上：「我要睏啦！」

他亢奮的「操妳的，妳起來看看嘛！」

「哎喲！人家，人家愛睏嘛！」說著，趁勢倒下。

老郎楞了楞，喃喃的：「操妳地××，要睏，俺陪妳睏。」

他俯身，解她衣衫，她忽然暴睜著眼睛，死命護住自己：「你，你，你——」非常氣怒的推開他，同時舉手出其不意地在他臉頰用力搧擊。很清脆的聲音，他離開她的身軀，直直立著看她蒙被。

陽光亮得叫人眼裏千把尖亮白刃紛飛起來，一把一把射進木屋。他出屋取杓汲水，一杓一杓小心地灑澆在新長的菜畦上。

他又唱起來，中間還夾著咒罵。

昨夜，她不知何時歸來？

那兩個小廝也死了整夜，不曾回來。

——哇操××的，啊……××××……。

他便這樣唱了整個上午，臉上是汗是淚也弄不清楚。他那張多紋、深深被什麼鐫刻下的臉居然滂沱了，而日光那樣照在他背脊上。

唱著，唱著，醉的欲望復活了。他在畦上輕鋪一層薄薄稻草後，返身入屋，衣衫裏，口袋被掏空是意料中事。她猶睡著，隱隱約約胴體展伸在帳內，他啐了口痰，操××的咒了聲，下定決心要醉一番。

那口灰舊的木箱，孤兀在積柴角落。老郎粗魯地挪動柴堆，硬將箱子拖出來。

鎖？

那把古老笨重的鎖呢？

箱口的鎖難道……難道蝕落了？

他問自己。

然而那是清楚的被撬開了的痕跡。他知道是怎麼回事，但依然抱持二分僥倖心裏。

啓開，數枚勳章冷冷亮在上層。他捧起，放在一邊，幾件破舊軍衣疊得有些亂，當然是被那倆小雜種翻過的。他取出那件曾在東北雪地穿的大衣，抖開，手顫抖起來。手斜斜插入內裏口袋，他頓住了，世界也頓住了。日光死了……，天地陰暗。

老郎緩緩步到帳前，掀起蚊帳一角。女人豐美胸脯鼓沉有律。他突地緊緊地抓住她鬆鬆的領口，猛力提起，女人張口，驚嚇。

他把幾件破舊軍衣灑在她跟前，狠狠按她下跪，她還要掙扎，亂七八糟的罵著他。他把她推倒在軍衣上面，嗶嗶——兩手後撤，撕裂她身上薄衣，她裸裎著……。

日頭正是暴戾艷照，疲乏的她起身咒了聲：死郎。他已不在身側，敢又在澆水了。早知道他藏著金子，日前，那阿波阿清倆兄弟竟給翻出來，那倆不肖的拿了錢死出去兩三天了，還不回來。也好，要不然，可有得拚了。雖然自己很不情願被老郎又拉又推的，還……老郎也眞妙絕啊！哈。

她兀自笑了笑：人有人的命哪！

走到屋後，不見他。

日頭怎這麼曬人？靠在木麻黃幹，還有些疲乏，這老郎居然強姦她，哈。她又笑了笑，靠在樹幹上，如同老郎粗壯的身軀。

眼前的河圳流著，兩岸茸茸草綠，也甚是涼快。

日光實在厭人啊！從樹上針葉上篩下來，像灑下火針似的。

她走臨河面，俯身，掬水，潑臉。

忽然，人影映在河裏，是老郎。

她回頭，無人。

老郎影子的確映在河裏。一陣風吹來，透心涼的。

她抬頭，日光嘩嘩亮呀亮呀……。老郎立在樹梢上，正仰望逐漸渾沌濛亮的天空哪！

起風的時候，河面一片煙。

颱風是從海裏長出來，從河裏冒上岸，劇烈的搖撼大地，要吞噬一切，虎虎虎的把河裏的水趕上來。

那名婦人瘋狂地奔跑，叩響每一家醫院的門。然而人們都到高地去避難了。待她返至木屋時，木屋已快沉沒，剩下一點點頂面在水裏，兩個年輕人穨趴在屋頂上，她呼喚著他們，他們只是不應……，而她的脚跟，被軟冷的水淹沒，猛的一刺，她覺得一陣痛楚，彎腰，那不是水，那是蛇，啊！又是那條蛇？……。

——老郎。

——老郎。

——老郎。眞是你麼？

她握住蛇的軀體，一滑，蛇竄攀在她頭上，溫柔的舐她的脖子。
她感覺彷彿天地都是一汪水，淹沒一切……。

——原載一九七八年十二月二十七～二十八日《民衆日報》副刊

曬穀埕春秋誌

第一場／鐵皮罐仔

這是一方頗寬闊的晒穀埕，到了黃昏，熱鬧的氣息便喧騰起來。鴨子、鵝、雞各佔據埕場一隅，嘩啦嘩啦呱呱呱呱咕咕咕咕的叫嚷著，誰都不甘寂寞，邊啄食邊追逐，亂成一團，然後在原本潔淨的水泥地上，爭先恐後，那裏一泡、這裏一堆的拉屎下糞，等待女主人以清揚的呼喚，被趕進位於厝後菓園內的棚寮裏，各就各位，當夜色水墨般潑下時，方才停止聒噪，而以優美的姿勢，低頭啄弄自己的羽毛。

通常，邵周英老太太在日頭西照時，才調配好畜禽們的晚餐，伊的態度十分從容、悠閒，也不管那幾隻長得快，卻不耐餓的鴨子，已經繞在身邊，大眼瞪小眼，等不及的叫著。對於生活在埕場及厝後菓園裏的三隻火雞，二十四隻白鵝，三十九隻土番鴨，十八隻小土雞，七隻公、母雞來講，伊眞是個公平、公正的大家長。

綰繫在大門內兩側及廳堂前柱子的三隻大、中、小狗，總會幫助主人，或高聲吠叫，或低吼或汪汪嗚叫的對著聲勢龐大，卻是烏合之衆的家禽們，做出各種示威或警告的姿勢，邵周英老太太可不像邵禮老先生那樣姑息狗輩，伊十分小心的提防著，那一羣小土雞的位置。去年，那隻大黃狗有把小雞弄死的記錄，伊一棒把大黃狗的狗腿敲跛，以至於大黃狗雖是羣狗之首，看見伊也只有夾著尾巴搖的份。

這一天，老太太正坐在廊階前，仔細攪弄米糠、大豆餅、番薯籤等飼料時，門外，居然傳來熟得不能再熟的喇叭聲，日頭才照過竹梢，他怎這麼快返來，一向都要等到暮色蒼茫，或是電視歌仔戲開演前一刻，才會見到人影的，怎麼今日不同了，敢有什麼大事，伊邊睨著大門口，邊思索著。

喇叭又響了響，接著人影出現在痲竹痲影中，緩緩向埕場這邊過來，邵周英裝作不在意，沒有發現他的樣子，等到他逼近廊前，撳了一下喇叭，她才猛的抬頭，被驚嚇的模樣，啐了一口；夭壽喔！他可得意的哈哈笑，也不忘藉機取笑一番。老番婆子，耳孔被雞屎塡塞了，無聽老夫大駕回宮的車聲，有失遠迎，罪過啊罪過！

伊翻了翻白眼瞪他，臉上卻是滿滿的笑意。

「也無落西北雨，安怎汝早早返來，從實招來吧！」

他停好車，綁在柱上的狗騰起身子，搖搖尾巴。他也眞是愛狗如孫，竟不搭理老伴，走過去撫了撫狗們的身子，拍了拍牠們的頭，狗嗚嗚的低叫著，叭在他腳邊，撒嬌。

「汝就愛我三更半冥轉來，不怕老夫走歪路？」他最喜歡逗她。

「哎喲！也不秤秤自己的骨頭，有多少斤兩，你啊！」一來一往，帶著笑聲，把一羣雞仔給招了來，伊順手撒下一把穀子。

老先生一骨碌坐在伊身傍，一邊用手揮趕鴨子。

「看嘛！看嘛！整片埕被汝這些寶貝，畫得東汚西臭，汝若有一日無在厝內，老夫做陣賣給菜市雞販仔。」

「汝那幾隻狗子狗孫，也不見有多要得，還不是湊得拔仔樹下臭烘烘。」伊滿手是攪拌過的米糠，大概還不滿意自己的說詞，又繼續道，「看汝一日到暗，疼牠們就像疼孫子，洗身軀，捉蚤蟲，哼！這是在咱厝，若是在台北，早就被抓狗車抓得光光囉！」

年前，邵家老四曾從家裏抱了一隻土狗去台北飼，沒有領狗牌，被抓走了，很讓邵老先生納悶了許久。

「台北，台北，汝又想去台北了？」老先生抓住話尾巴，「免想啦！秀美伊們都放暑假啦！喏！剛剛接到的——」是一封孫子們寫回來的信。

「有講要轉回來？」老太太眼睛緊盯著信，雖然伊看不懂。

「有喔！有喔！聲勢眞大喔，秀美說要聯合明芳姊弟，淑媛兄妹，存榮兄弟做夥一齊轉來哩。」老先生也禁不住興奮，「汝再也不會無聊得要替雞母孵卵了。」

「要死，我是雞母，汝不是雞公？！哎呀，二十幾個孫要做夥返來！」

「就是啊！咱就愛趕緊準備啊！」

接連幾天日頭都很豔，邵老先生，老太太忙著把ㄇ字形的屋子，一間間的打理乾淨，該曬的榻榻米、小被毯、枕頭，都一一出籠，把個空曠的曬穀埕，招得十分熱烈和擁擠，那羣雞、鴨、鵝從彼日起便被禁足了，活動範圍僅限於厝後的菓園內，好在園子裏，尚有一方小小的池塘，可供牠們洗浴，要不然老太太還眞擔心牠們受了熱呢。

今日，天光才亮，兩老就接了水管，把殘染在埕上的禽屎畜尿洗淨，一切的一切總算是大功告成了。

除了老大的婉麗已出嫁、瑞宗已就業以及沒有考上高中聯考、和準備上私立國中，正加緊補習的外，果然是大軍壓境，十二個孫子女包乘一部中型遊覽車，浩浩蕩蕩的返來了。這實在是幾年來所未曾有過的盛事。

當然一切都已安排就緒，因爲他（她）們在返回前，已不斷的打電話和阿公、阿媽聯絡過了。

行程算得很準，遊覽車在中午十二時正到家，迎接他們的除了兩老外，尚有狂吠的狗們，以及被驚動的雞鴨、鵝呱呱咯咯的叫聲；最刁皮的火雞，叫得格外有韻律，節奏分明的咯嚕咯嚕咯嚕咯嚕，叫得頭上的肉冠都紅了，還不罷休，引得衆小將小兵們也配合著哈哈哈哈哈笑著，好像經過演練過的協奏樂團。

下了車，他們不約而同的喊著熱啊！熱啊！

「來，來來來——阿公早想到了。」

老先生把覆在井上的豬草掀拏開來，得意指著下面，「這井水，全棕櫚最清涼的，來來來，見識一下。」一邊把手裏的繩子一放，水桶朝下一丟，很輕鬆的拉起來。

「來啊，來啊！」

小子們竟都躲在樹蔭下，沒有一個願意過來，看他們臉上遲疑的神色，老先生說：「驚啥米？這口井養了咱們邵家五、六十年，汝阿爸那個不是飲井水長大的。」

「眞的哪！」秀美儼然是指揮官，回頭看了看部屬。

「那有假？」老太太也說，「咱鄉里誰人不知咱厝的古井上甘、上甜、上涼？」

「我試試看！」明芳挺了挺胸，走向井邊。

「哎呀！戇孫啊，攏總來啦！洗洗面，又不是什麼大代誌。」

一伙小兵、小將，經這麼一激勵，全圍了上來，老先生手脚靈活，連拉了十幾桶水上來。

「把鞋襪脫掉，洗脚，更好，更涼爽，你阿公每日要洗好幾趟咧！」老太太說。

「好也！好也！」存榮、存仲、存德兄弟相繼去了鞋襪，接著又有人效法，一齊站在井邊，老先生忙得更起勁，一桶一桶的拉起來，澆在他們細白的脚上，他們不時的發出驚歎的聲音。

「有沒有冰水？」淑媛問道。

「無冰水，阿媽有煮綠豆湯，呷飯後再喝吧！」

淑媛聽啊媽這麼一說，聳聳肩，兩手一攤，電影上女主角無奈的姿勢。

「好了吧！好了吧！」秀美永遠是大姊頭的樣子。她始終沒有接近古井。

「人家餓死了啦！」明芳的弟弟明揚叫著。

「免急免急，你阿媽早就在廳裏開了一桌等待你們啦！」

「好吧！」秀美提著包包，「我們先把行李放好。」

上了廳堂，淑媛對神桌上的祖宗牌位，發生興趣，「阿公我們是四川人啊？」

「是啦，是啦！那麼笨！」秀英弟弟搶著答，「你不會去看『五百年前是一家』那本書啊？」

「人家又不是問你。」

「哎呀，我不喜歡吃雞肉。」

「戇孫，這是土雞仔呢！不是那款肉雞啦！」

「嗯，不一樣就是不一樣！」有人附和。

「這是空心菜嗎？葉子怎麼這麼大片？」

「哎呀！笨哪你，台北的空心菜瘦，我們家的菜胖嘛！都不知道！」

廳堂裏熱鬧滾滾，兩老應付不了十二張嘴巴，只一逕的回答，飯都沒吃一口。

飯後，阿媽端了兩大鍋冰綠豆湯出來，你一碗、我一碗，不一會兒鍋見了底。

「阿媽，這綠豆湯跟我們在台北喝的不一樣呢！」淑貞說。

「眞的啊？」

「嗯！我有同感！」明芳小大人的樣子。

「是啊，是啊，味道不同，好像有一點特別的——」

「甜，又不是那種加了糖的甜，這種甜很純！」秀美思索道。

「蠢！」朝龍故意說，一邊躲開秀美舉起來要打下去的手。

「是甘吧！」老先生笑著說。

「對對對對！」齊聲附和。

「阿媽眞厲害！」淑媛豎起大拇指。

「阿媽那厲害，阿媽老嘍！你們不知，阿媽少年時，在街仔道和你阿公賣涼水，咱攤子的綠豆湯可是名聞附近十八庄呢！那時的才比這時的要好吃哩！」

孩子們一副想聽下文的表情。

「就是因爲咱厝的綠豆湯是用井水去熬的嘛！」老先生忍不住說，「你們今日吃的飯，也是用古井水煮的，湯也是啊！」

「哇！」秀美瞪大眼睛，受驚的樣子，臉色有些蒼白，手捧住心胸，好像要吐。

「安怎？安怎？」老先生忙過來。

「無啦！」秀美虛弱的回答。

「敢是坐車卡勞頓疲勞了吧！阿媽提萬金油搽搽鬢邊即可以好了。」

「不必了，阿媽，我歇息一下就好了。」說著自個進屋去了。

約略收拾收拾，孩子們說要睡午覺。

「去睏，去睏，坐了一早上的車，顚顚跳跳，也應該憩息了。」老先生體恤的說。

幾個小傢伙都一齊擠進秀美房裏，不知在商議什麼軍機大事，嘰嘰喳喳了半天，出來時，神色都有些不對，秀美也走出房門。

好像有預謀似的，朝龍等人把那張老舊的籐椅搬到榕樹下，「阿公，我們睏不下去，我們要聽你說故事。」

「阿美有卡好了？」老太太關心的問，「看你的眼鏡戴那麼厚，實在是……。」不勝疼惜的歎了口氣。

「要聽阿公講古啊！我看，我們晚上講，中午要嘛你們去睏，或是去玩，阿公有替你們準備竹仔枝，只要黏上柏油，就可以去抓蟬了。」

秀美斷然的回答，「不要，抓蟬會弄得一身臭汗，我們要聽你講故事。」

大伙兒以沉默來表示贊成她的意見。

祖孫一行便回坐在樹蔭下，聽著阿公娓娓的敍說古遠的舊事。

老先生說得可是興高采烈，孩子們卻有些意興闌珊、心不在焉，只見秀美頻頻使著眼色。先是明芳怯怯的坐到阿公的脚邊，用手指頭，微微的按了按阿公的小腿和脚板。接著是明蓉、淑媛、存榮、存仲、存德、銘正、銘言、朝勇、朝龍、明揚、淑妍，最後輪到秀美，小妮子機靈，邊裝作很注意聽，邊接近阿公，緩緩的出手，像在按撫，又像在觸探什麼機關似的。

阿媽從內室出來，手上拿著幾隻空鐵皮罐子，「朝龍啊，稍待日頭軟了，你們玩『踢銅罐仔』。」

剛上小學的存榮兄弟不知什麼是「踢銅罐仔」，做阿公的遂耐心的解釋著。

「我知道了，我知道了，就是捉迷藏嘛！」

「對啦！」阿公擊掌，「以前你們的爸爸，最愛玩的就是這把戲了。」

「難怪，爸爸的脚那麼大。」銘正說。

「阿公小時候也踢過銅罐仔嗎？」明揚問。

「踢過啊，踢過啊！」

說著說著，這些小傢伙一哄而散，眞是訓練有素，轉眼間，溜得不見影。

邵老先生兀自坐在樹下，對孫兒們剛剛的舉動，有些迷惑也有些納悶。

「我就知道，我就知道！」老太太十分興奮的在菓園籬棚邊向他招手。

原來他們全聚在菓園裏，正圍住那株龍眼樹，你抓我擷的摘著龍眼。

「哎，還不到時候那裏能吃啊！這些猴仙仔。」老先生想制止他們。

「管那麼多，伊們難得返來一趟，糟蹋一下有什關係。」老太太說，「看伊們還能攪弄出啥米？」

兩老就扒在籬門上，欣賞他們摘食著澀龍眼的動作。

「沒有哇！」

是朝龍的聲音，「阿公的脚很正常啊！」

「我是覺得有一點點奇怪而已，摸起來，軟軟的，可是沒有像你說的凹下去，要等很久才會凸起來。」說話的是明芳。

「是啊！」

「是啊！」

「噓！小聲點——」秀美壓低聲音，「你們不知道，烏腳病會潛伏的，人家報紙上說，現在的井水沒有經過化驗，就不能保證不含有過量的砷是有毒的也。」

老先生的國語雖不靈光，卻清楚的聽明白秀美的話。

有人提出質疑，什麼砷啊！

秀美以充滿自信的語氣，把從甫在國中一年級化學課本上，得到有關砷的知識詳細解析一番。

「對！媽媽有交代我們回來鄉下，不能隨便吃東西，喝生水。」

兩老悄悄走開，備了水桶，一齊到不遠處的國民小學，接引自來水，準備煮飯和讓他們洗澡。

抬著水回到埕場時，秀美他們臉上布著驚訝，兩老裝作若無其事的把水桶抬進廚房。埕場上，正展開一場激烈的「踢銅罐仔」，邵禮老先生不禁笑了起來，「傻孩子，那有穿著鞋子玩這把戲的呀！」

「伊們驚把腳踢痛了。」老太太笑道。

說著、說著，約是沒把鞋帶繫緊，當銘正將置在地上的鐵皮罐子飛踢出去同時，他腳上的鞋子也向半空中飛撲出去。

第二場／天光啦！

伊聽到十分悅耳的笙裏，流水般在空氣裏，續續斷斷的招引伊。

伊行到一汪水地，沒有邊際，沒有海的涼度，因此伊能夠輕快的在水面上疾步，腳步起落處，揚起一朵朵如蓮水花。

伊忽然聽到簫聲，隱隱約約像從雲上傳下來的，伊仰首，可不是嘛？天上的彩雲繽紛，叫伊目眩哪！簫聲愈來愈清晰，竟是恁般悲切；伊定定立在水裏，感到全身冷寒，不禁顫抖著。

伊聽到呼喚聲。

——英仔——英仔——英仔……

那不是母親的聲音嗎？

英仔——英仔——

是從山峰傳下來的呼喚哪！逐漸逐漸的悠遠悠遠悠遠……。

伊感到悲傷，伊感到身軀在縮小、縮小……

伊終於忍不住號哭起來。

適才的夢魘，像一條軟冷的蛇，緊緊繞住心頭。意識裏，是有幾分醒了，卻又不甚清楚。如此載浮載沉似幻似眞的夢著、醒著，令伊的身軀像跋涉過一片汪洋，攀登萬丈陰淵過後，感到極度的虛弱、疲倦，一種被消滅、被腐蝕的模糊之感。

那不是燈光嗎？

一朵紅豔的火星，在眼裏燦然，隨即又幻滅……

禮仔——禮仔——禮仔……

伊用力的喊叫著，喉嚨卻被掐得死緊，一條龐大的黑影，鬼魅般纏住伊全部的感覺裏。

伊再次嘶喊著男人的聲音。

紅豔的火星再次燦亮，伊聞到了，那是男人手上的菸草味。

「英仔，英仔，安怎？」

伊聽到了。伊幾乎飽滿著淚水的眼睫，微微張開，再也沒有聽到比男人的呼喚和問詢更令伊快樂——甚至是悲傷了。悲傷的理由是，伊自覺今世再也無緣聽到男人沙啞的聲音了。極寒的夢境裏，多麼接近又多麼迢遠啊！這時，伊才清晰的認定自己尙在厝內的木床上，伊的丈夫的確是坐在身側，一如往常那樣在夜半時，抽著長壽香菸，尼古丁的氣味通常令她覺得幾分溫暖。

伊長吁口氣。

「英仔，是安怎啦？」

此刻，伊冰冷的手，握在丈夫粗厚的掌中。

「我要起來，禮仔！」

男人捺熄菸頭，扶起伊上半身，斜靠在床頭。

「禮仔，我剛才跑了很遠的路程，水很冷。」

「汝亂講！」男人把伊的亂髮拂到額上。

「我聽到笙笛的音樂，還有人吹著簫，吶。」伊軟弱的敍說著。

「英仔，英仔！汝還在作夢麼？汝抬頭看看電火的光。」

丈夫更加用力的握住伊的手。

「我知，我知我就要走去很遠的所在了，禮仔……。」伊的乾癟嘴唇翕動著。

男人聽不清楚下面的話，沒有回答。

「禮仔，汝能替我換長衫麼？」（長衫，台語，壽衣意）

「禮仔，快去取火把水燒熱，汝爲我擦身，好麼？」

「禮仔，汝去把廳邊的土豆挐開，隨便掃掃。」

「禮仔，禮仔，扶我去到廳邊吧，草蓆隨便舖舖就算了……」

邵禮老先生聽著這段夢囈般的言語，他忽然怒叱——

英仔，汝還早啦——

亂講！亂講——

他用力的開啓緊閉的窗牖，粗暴的抓著伊稀疏的頭髮，讓伊的臉面向外面。

——看啦，天光啦，汝醒來——

邵禮老先生左右開弓，摑擊著女人萎黃的臉。

夜色在天光中悄悄消褪，邵老先生將所有的門窗啓開，讓柔亮的曦色緩緩湧入屋子。女人睡覺了，他倚在牆邊，默默吸著菸，小心把煙霧吐向一側，免得影響伊的呼吸，他看著女人的臉，竟有幾分恍惚，約是一夜未睡的緣故，視線有些模糊，看著看著，女人多皺紋的臉變換成一張光潔的面孔，帶著些許的酡紅。

門外的狗猛烈的吠叫著，邵老先生張開眼睛，心頭一驚。昨晚，幾隻狗居然嗚嗚吹鳴了一夜，這是多麼不祥的徵兆，他又想到女人在昏沉中所講的囈語，不覺感到幾分恐怖，世間無常啊！他忖著。

他想點燃支菸，劃火柴的手卻不聽使喚，叭叭叭——火朵再次的熄滅了。女人發出微弱的呻吟了，他慌忙回頭。

「英仔，醒啦！」

邵老先生抓住老伴的手，「我去煮糜，汝喝些糜湯好不？」

女人只是搖頭，眼裏泛著水意，「禮仔，唉——」

「莫喘大氣，我這就叫醫生來注射。」

糜湯端至床前時，女人又已昏沉睡去。

埕場上微有溼意，是昨夜的露水吧，幾隻被踩扁的鐵皮罐子散落在四邊，是那羣孩子們上星期玩的，他們走後，便沒有再掃理過。

他望了望乾亮的天色，今日也許又是旱熱的天氣，叫人不耐啊！

狗們看到他，低聲吼叫著。他猛想起昨夜忘了餵這幾條可憐狗。

邵禮推出脚踏車，在埕上深吸口氣，搖搖頭，故作輕鬆的踏上車，向街市騎去。

整條中民路，竟然空蕩得連狗影子也沒有，叫人心思也空空惶惶的，他按了按喇叭；叭叭叭眞無聊！自己數落自己。有一首歌叫三聲無奈，是這樣的嗎？

冷不防在後湖路口時，風馳電閃的一部摩托車衝過來，邵禮連忙煞車，急急按著喇叭。也是因爲現代人行路騎車，都不太喜歡張開眼睛，他才特意在脚踏車上裝上了機車喇叭，儘管「巴地里」電池的電耗得兇，他也不吝惜。

街市菜場早已熱鬧滾滾，他把車子停在「麗記銀樓」店前。門雖未全開，卻看得出來頭家咯仔王已經起身，只要稍待必可等到他。正念著，咯仔王便出現了，手上提著塑膠茶壺，還冒著熱氣，是豆漿之之類吧。〔註：「咯」，台語，吝嗇之意。〕

「大頭家，早啊！」自脫褲子的囝仔時代就熟識的老街坊，算算相交六十餘年啦。

「衝啥米？有何貴事。」王仔扶了扶架在鼻樑上的古董眼鏡。

「好代誌啦！幹！」跟著喀仔王鑽進鐵門，心裏盤算著這老「喀頭」，儉吝一生，全鄉有名，對老朋友也不會例外，該如何和他算計才好？

王仔把豆漿放在一旁的桌子上，走向被玻璃櫃圍住的位置，櫃子裏擺滿了一盒盒、一串串閃耀黃光的金飾，他的視線從眼鏡上方投過來，約也是在盤算邵禮的來意。

「幹！查某人破病，倒一禮拜啦！」邵禮把中指的金戒脫下，小心的輕放在桌子上方。

「夭壽喔，倒一禮拜——」「喀」仔頭同情的望了他一眼。也沒再多說什麼，秤了重量，銀貨兩訖。

而事情就是這樣洩露出來的，中午時分，街市的老兄弟，陸陸續續的提著水果、奶粉，前去探望邵禮的女人。而伊的病情並未因西藥房的無牌醫生蔡仙的針藥，而有所起色。邵禮把昨冥，女人惡夢驚醒，要求他爲伊更衣，扶至廳堂一側的事說了出來，引起一陣乾乾的笑聲，和憂鬱的吁歎。

「幹！判官大筆還未勾伊的名，伊就想臥廳旁等子孫來哭，被我搧嘴邊，才眞正醒過來呢！」邵禮說。

沒有人笑。人們臉上現出憂慮的神色。

「上禮拜，那些甘仔寶孫一大陣，自台北轉來，伊還上上下下無閒息休，孫仔不敢攀樹，伊攀，結果啊——哈，摔下來！差一點尾椎就裂開。」

好像不這樣數落老伴，來娛樂街坊，就對不起人家來探親的一番好意似的。

「攀樹，做啥？」有人擔憂的問。

「挽楊桃啊！吱，講起阮那一羣猴仙仔孫在台北久了，近視目鏡一個比一個深，小博士似的，卻又無膽得像厝鳥仔，做什麼攏是成羣結隊，名堂特別多，今日愛烤肉，明日愛看電影，哎！現今的囝仔啊——」

儘管邵禮不勝感慨的樣子，卻沒有人附和他。

「我不是聽講，汝查某郎是摔落水裏，才開始病的。」

廟裏的林主事問道「會不會是著驚？」

邵禮來不及回答，又有人加了問題，「伊怎會落入水裏？」

「幹伊娘，講起來，我就受氣啊！」邵禮以手擊膝，「叫伊勿冒險，伊就是不聽話；講起來話也長嘍——」

「上星期六，那一陣猴山仔返去台北，不是落了大雨嗎？也不知查某郎目睛安怎看到溪裏，長得煞是肥厚的水芋仔，動了心思要撈起來，給伊那些畜生吃，伊哪裏聽來說是水芋仔最有滋養，鴨、雞、鵝吃了上好，伊就去撈了啊！第一次滑了幾倒，第二次整個人就趴到水裏啦！若不是綁在後園的狗，聽到乒乓！落水聲，狂叫起來，我把伊拖起來，伊就沉入了，水眞大的呢！」

「夭壽喔！」

「省那幾個飼料錢，賠命啊！」

「老禮仔，汝也實在，這款代誌掩瞞做啥麼？」

「汝這老糊塗，牽手破病，拖到現時才醫，也不通知汝子兒媳婦。」

「講汝是無價值，也搓也捏，六個囝仔大漢啦！一出外，攏出外，也無見誰人返來看汝們，哎！無價值啊！」

「打拚是要啊，再打拚也不能連返來都無返來，就只見你倆老猴，一日到晚南南北北、來來去去，反轉過來去孝順子兒、媳婦，哎！」

老街坊們，有的責備，有的顧問，邵禮並沒有把錢已在上禮拜，給那一陣猴仙仔孫用盡，以至於連菜錢都成問題，那還有餘力看病的實情，告知他們。

邵禮面對鄉人熱切的關懷，也不想多言。只是更謹愼的把左手放在背後，免得眼尖的人看到，他那一枚六十大壽，由六房子媳打造的紀念金戒，已經不在指頭上了。他心裏更感激著喀仔王，沒把那樁事張揚出去。

第三場／盛會

病人是愈加嚴重了，各式機、汽車在邵家埕場上十分凌亂的排列著。邵老太太已到彌留狀態，自嘉義的一家什麼陳醫院宣布伊病入膏肓的實情後，至邵家探情的人便絡繹不絕，邵老太太已被安置在廳堂一側，鄉人都在熱心的準備伊的後事了。

自然，邵家的子媳均已暫時放棄在北部的事業，而兼程返回棕櫚鄉，這是近十餘年所從未有過的盛況，因爲邵禮夫婦倆，總是把他們的身苦病痛，隱密得像軍事情報，不洩露絲毫出去。以至於老太太的病歷，頗令鄉人們驚訝，伊患的是肝炎、十二指腸潰瘍、糖尿病、膽結石、腎臟發炎、血管阻塞，應有盡有，一發不可收拾，也不免令全棕櫚鄉的人，敬佩伊堅韌的生機。

更令人們擔心的是，老先生也病倒了，幾個子媳正輪流在醫院守護，伊患的是胃出血，肝也有些毛病，只是還不至於嚴重到有生命危險。

人們擔心的是，他承受不了老伴的遽然離去。

而有關邵家兄弟的傳言，有褒有貶，如是的抖了開來。

邵家六兄弟皆已在北部，有家有業，個個有樓房，有大汽車，棕櫚老一輩鄉人，常一邊以此例勉勵後生子弟、一邊頗爲感慨的說：邵家是艱苦過來了。

・傳言之一

邵家兄弟已與北部建築商人，簽訂合約，將出售七百餘坪的房地。

・傳言之二

兄弟們已商議，待老太太百日之後，將把老先生接至北部，由六人輪流贍養，每人一月，由於六兄弟散居台北，老先生將可享受吉卜賽式的晚年，這月板橋，那月萬華，此月北投，彼月圓山，今日士林，明日大直，來來去去，愛走東便向東，愛向西便走西。

・傳言之三

邵老太太手頭有幾斤黃金，媳婦們正四處打聽藏置之處，聽說已有人掌握線索，追查中。

・傳言之四

邵老先生老太太根本無有積蓄，他們平日待在鄉里，人情世事的交際，遍及全鄉十八個村莊，加上六房媳婦均娶自附近，姻親遍佈，邵老先生爲人又很慷慨，單單每月的紅帖、白帖，就要令郵差先生咋舌，而六房子媳每月每人寄回的新台幣數百元，大都被邵老太太用來飼養家禽了。而這些可憐的禽畜，也許是因女主人的重病，竟一一得了瘟症，屍身在後園裏遍布，招來許多怪異的蚊蚋，加添了某種淒魅的味道。

・傳言之五

兄弟們已經委請律師或代書吧，到醫院當時與邵老先生談議房地、田產分割過戶的問題，邵老先生已簽字蓋章了。

・傳言之六

邵老先生在醫院時，已預立遺囑，一初亦機盡在遺囑中，該份遺囑已託請律師及棕櫚鄉素有名望的老鄉長蔡塗先生保管。

傳言，傳言風一般的吹起。

颱風和大雨並未給棕櫚鄉帶來任何災患，這眞是全省最平靜，最肥沃的田野之鄉，所有的土地盎然著綠意，所有的房舍讙嘩羊禽畜的叫喊。

ㄇ字形的邵家宅院，暗赭色的磚厝，拱形門，砌疊得十分細緻的磚壁，以及翻飛向天空，那鏤刻得廟宇般典麗的簷角，在午後陽光照耀下卻已不若往日的那樣恬靜而莊嚴了。

埕場上的人愈聚愈多，男人開始搭帳棚，女人開始撕白布剪孝麻，起爐的起爐，還有的去請「師公」請「五子哭墓」、請龐大的樂團、請唸經的和尙、法師，熱心的人士忙得不可開交。

這無疑將是棕櫚鄉近年來，難得一見的盛會。

廳堂內，一直陷于彌留狀態的邵老太太，尚未斷息，有人說伊也許是因爲未見老伴的最後一面，而不甘瞑目，于是邵老先生被遠從嘉義的陳醫院，載送返來，醫生拿著強心針，在一旁等待，以備搶救邵老先生可能發生的昏厥。

汽車下了高速公路，直駛棕櫚鄉，與邵禮相交六、七十年的老鄉長，已在街道邊等待與邵老先生會合，以便在車內勸慰他。老鄉長的女人前年離世，而老鄉長消極一陣子後，精神竟因長時間的早安晨跑及舞棍練拳，而煥發如少年人家。

老鄉長一揚手杖，車子嗤的停下。邵禮先是一楞，繼之眼眶紅了，涕泗交加，哽咽起來，老鄉長擁住他的肩，居然也陪著落淚，一句話也說不出，下車時，鄉人看全兩個滿臉淚痕的老人，互相攙扶著走入廳堂。

「禮仔，振作！」老鄉長在邵禮踏入門框的一剎那，緊緊握住他的手，亢聲道。

「還沒有過去，是在等你。」喀仔王蹽到邵禮身邊，低聲說。

邵禮緩緩的彎下腰，掀起輕覆在老伴臉上的白布。

此時，廳堂內，邵家的子孫、媳婦們放聲大哭，原本在外頭忙著的鄉人，紛紛放下工作，聚集在廳裏、廳外，一起陪著流淚，至誠摯情極爲感人。

在廟裏任執事的林老，以權威的姿態，制止衆人的號哭。

「好囉！好囉！勿再哭，讓汝老母放心的走吧！」

邵禮伏臥在女人身旁，泣不成聲，老鄉長勸也勸不住。

林執事過來與醫生咬著耳朵在商量什麼。

然後，醫生蹲在老太太身旁，再次用聽診器，輕放在老太太胸口上，醫生皺著眉。

醫生不避諱的執起老太太的手，診脈，並掀起伊的眼皮，仔細探視，致使伊的眼睛半張著。

他的神色裏，有十分憂慮。

「不必要的人，先請出去好麼？」醫生說。

衆人紛紛退下。

「眞失禮，現在還不能宣告伊死亡。」醫生壓低聲音，「實在失禮。」

「人都已病得這樣子了——」林執事不以爲然，「讓伊早一步昇入天堂，不也是好事一樁嗎？」

「話不是這麼講的——」醫生有些生氣。

廳堂內的人，不知爲什麼竟都沈默著。

經過林執事的示意後，邵家六房子媳，一一燃香，伏跪在老太太脚前，以一種強忍著悲痛的聲音，念念有詞。

「阿娘，你安心的去吧，我會好好照顧阿爸的。」

「阿娘，你子孫一大堆，你去吧，我們會燒整車的金紙，讓你在陰間享受的。」
「阿娘，你的目睛就闔上吧，阿娘——。」
「阿娘，你放心的走，你的墓塋我們已請師父選了好風水。」
「阿娘，阮攏知汝艱苦一世人，還不放心阮阿爸。妳放一百個心，阿爸一定會勇健起來的。阿娘，妳就去吧！」
「阿娘，妳這麼不甘瞑目，只會讓阿爸更傷心，打壞阿爸的身體。」
「阿娘，你去吧……」
衆兒子、媳婦們，說得可是頭頭是道，如泣如訴。
倏然，摻著香塵的空氣，猛的震了一下。
邵老先生停止哭泣，兩眼瞪得大大的，直看著老伴。
那是極爲微弱的歎息。
廳堂內人們的臉忽忽的變白，你看我、我看他、他看你，那是何等微弱的聲音，卻又是這麼清晰。
醫生鎮定的走過去，聽診器再次的掛在耳上，正要接觸老太太的胸口時，人們又聽到一聲比較有力的喘息。
阿娘，妳去吧……。

子媳們不敢抬頭，執香的手顫抖著，嘴裏模模糊糊的呢喃著。

「啊！」是醫生的驚歎！

「英仔，英仔！」老先生扶起伊的頭。

老太太的眼睛，嬰兒般慢慢的，慢慢的張開，張開了。

「啊！」衆人不約而同的驚呼。

膽小的媳婦們，把頭埋在膝前，全身打顫。

「阿娘，你去吧！」老大的膽子大，他立起身子，拿著香，在老太太臉上劃了劃。

「什麼——」老太太竟張嘴說話，伊的神色倏然清明，「什麼。去那裏？你們——在作啥米？要我……要我去那裏，汝——」

伊手指著老大，「汝自台北回來啦！汝要帶我去那裏啊？」

衆人默然。

埕場上，下午的陽光溫柔的照映著人們錯愕的臉。

——本篇獲一九八一年第四屆「時報文學獎」小說優等獎

楊桃樹

天氣熱，孩子吵著要吃冰，淑蕙看看昌平，他顧自走路，沒有理會小傢伙的意思，每回返褒忠鄉老家，昌平總是這副鬱窒窒的模樣。

路邊停著一輛懸著「黑面蔡楊桃汁」的攤車，孩子興奮的叫著、跳著，昌平最愛喝了，孩子也跟著喜歡。她倒不覺得特別，偶而嚐嚐而已，那種酸酸甜甜味道滑入喉嚨裏，幾分人工甘味，是糖精吧，淑蕙總有幾分噁。

昌平鎖著眉頭，瞪著吵鬧的小傢伙。淑蕙看不過去，停住脚步，打開皮包找零錢，兩個小東西又高興的叫起來，她也感染了愉悅，本來就該讓小孩子無憂無愁嘛；他老喜歡提自己以前小時候如何如何苦、如何懂事，淑蕙不以為然，倆人經常爲了孩子起小口角，只要她眞氣起來，昌平就投降，她身子單薄，他總讓著她。

「來四杯吧！」淑蕙吩咐小販。

昌平突然搶步向前，「不要，不要！」硬把淑蕙的皮包扣起來，「走走走，我們走，小文、小武乖。」蠻橫的硬推著、拉著母子三人離開攤子。

「神經病歐！」淑蕙惡惡的睨了他一眼，「幹什麼啊你——」

小文、小武哭喪著臉，紅撲撲的小臉蛋淌著汗珠，昌平抱起小武，小武掙著不要，還嗯嗯啊啊想哭，昌平放下他，吼起來：囉唆什麼，老子揍你！

兩個孩子噤聲，躲到媽媽身邊。

「神經病！」淑蕙氣極。

「都是妳慣壞的！」

「兇什麼？兇——」

老大小文嚇哭了，昌平硬抱起他哄著：乖乖，那個叔叔賣的楊桃汁髒髒，喝了會生病，肚子痛痛，屁股就要給伯伯打針哦！乖乖。

淑蕙看他有妥協的意思，便得理不饒人的又數落他一頓。昌平只是喃喃的跟孩子講話，不搭理她，又把她惹火了；這麼一大段路，天氣熱死人了，自己神經病，拖著我們走，也不休息，幹什麼你！捨不得花幾個錢坐計程車，就會富了啊！嫁給你這個死人，死人哪！

她把聲音提高，昌平無動於衷，只跟小文講話。

小文笑了，叫著：真的喲！爸，我要吃很多歐。

「當然眞的，整棵楊桃樹都是我們的。」

「哇！」小武挨過來，「我也要，我也要。」

兩個孩子向前奔去，昌平蒼白的臉上浮起笑意。

「神經病！」淑蕙又好氣、又好笑，口頭禪不忘送他。

「唉，妳啊，也別太任性，鄉下的楊桃汁那能喝呀？妳不知道，他們把楊桃採下後，連洗都不洗，用手甚至用脚擠、踩，把楊桃弄破，泡在水裏，加了糖，就是楊桃汁啊！」

昌平搖搖頭，「妳沒看到蒼蠅、蚊子滿滿的？」

「嘿，你怎麼知道人家不乾淨，在台北就乾淨啊？再說，天曉得我們以前喝的是眞汁，還是色素加糖精水。」淑蕙永遠不認輸的，「你怎麼知道，怎麼知道？」

昌平幾分惱怒，「不相信算了。」

孩子們奔入籬門，引起一陣狗吠，夾雜著歡呼聲，昌平聽得出來，是爸、媽的聲音。

「你別那副死人面，每次回老家都要吵一頓才甘心似的。」

「好啦，好啦，女人！我知道妳根本討厭回家，什麼老家、新家，回家有什麼不好，妳老要刺我。不喜歡回來，以後我自己回。」昌平可也理直氣壯。

「哼！每次回家，你就變得了不起嘍，回台北後，等著瞧！」淑蕙做出殺手鐧。

「又在威脅我了。」昌平冷笑。

兩人踏進籬門，老人家擁著孫子笑呵呵迎著他們。

爸、媽。昌平、淑蕙倒很有默契，不約而同恭敬的向老人家請安。

「好呵！好呵！」

「別煩阿公、阿媽。」

小傢伙一人纏一個，勾住老人家脖子又親又貼的。

「不驚阿公、阿媽身軀上，老人臭啊！」老太太說。

「怎會呢！」淑蕙說。

「哎呀，一年無見，長高了，都長高了。」老先生用生硬的國語說。

「是啊，大漢了啊！」老太太國語學不來，「哎呀，阿媽像一隻憨鴨，聽無你這些都市囝仔講的話。」

「阿媽好笨哦！」小武說著，又在他祖母的臉香了香。

「小武——」昌平叱著。

「台北嘛，在左鄰右舍攏講國語。」淑蕙忙解釋。

「是啊，你老母自己憨，看電視只看歌仔戲，結果嘛，連一二三四五都唸伊餓上死嗚。」呂清老先生最愛取笑老伴，老伴也咧嘴露出一口被檳榔汚染的金牙笑著。

「爸，你還呷檳榔？」昌平問。

「無啦，人家請才吃一、兩口，自己無買啦！」

「檳榔吃了不好，又不衛生。」淑蕙說。

「是啊，是啊……。」呂老先生愵愵的點點頭。

昌平看了淑蕙一眼，領著孩子進屋子內。

聊些家事，談到台北，淑蕙總是興奮的。

「爸、媽，你們乾脆搬到台北住。」

「嘿，我和你老爸那有做台北郎的命哪？」

「庄下開潤，好，我還歡喜轉來住呢！」昌平說。

「等你老母七十歲生日，我再帶伊去遊環島，讓伊見見世面。」

兩個小鬼頭在屋子裏東蹦西跳，這裏摸、那裏翻，弄得屋子內熱鬧極了。

「後世人啦，我那敢虁想啊，你老爸自娶我就唸著要帶我去廈門、去四川、去福建、去蒙古、現在又講要帶我去台北、去環島、嘖嘖！我被騙了五十年囉！」

淑蕙忍不住笑起來，呂清老先生哈哈朗邁的笑聲依然清亮。

「會啦，會啦，媽。」昌平也笑了。

「我跑遍內地，那一省無去過，那一個港，那一個山不是像踏庭階那樣熟。嘿！什麼世面無見過，卻娶了個大目新娘，什麼世面都無見過。」

「哼！免吹啦，你老爸少年最是浪蕩。要不是我，還有收脚的一日啊！」不甘示弱，又引起丈夫一陣朗笑。

小傢伙不知怎的依到老人身旁，昌平知道他們記取摘楊桃的事了。

「哎喲，乖乖孫呵。一個面紅赤赤，來來，阿媽提汽水。」

「不要不要，阿媽，小文、小武不要喝汽水，要吃樹上的楊桃吔！」小文嘟著嘴。

「是吔是吔！」小武也附和著。

「好好好好。」做阿媽的連忙點頭，「就去挽。」

小傢伙一前一後擁著祖母出去，昌平也站起來，「久未吃新摘的楊桃了。」

「去看看，去看看，我上次培土、剪枝、施肥，可使這株老樹又青春起來了，味道不一樣啊！」

淑蕙也跟著出去，呂老先生又說，「妳不知道，這株楊桃我花了多少心血，一般果樹了不起十年、八年就要砍了，我這株可是將近二、三十年哩！」

淑蕙點頭讚歎，卻找不到話來加強臉上的敬佩之意。

果眞是一株茂盛的果樹，淑蕙爲了表示自己見過世面，強抑住脫口而出的驚詫，抿住嘴唇，看懸掛在枝葉間晶翠油亮的楊桃、一串串，一纍纍，透著清香，酸酸甜甜的，忍不住伸手去摸，她可真是第一次見到楊桃樹上的楊桃，昌平常看什麼今日農村、農情報導的電視節目。她是提不起一絲興趣的，偶然瞥見畫面上的果樹，也沒這麼叫人興奮的場面啊！

「別碰、別碰。」昌平著急的制止她，「還沒熟的不能摸，摸了就長不大了。」

淑蕙把手縮回去，心裏像被澆了一盆冰水，差點就要罵出口，神經病！叫什麼叫，有什麼了不起！

兩個小鬼圍著楊桃樹兜轉，又叫又笑，穿梭在低垂的枝葉間，好不快樂，逗得老人家哈哈笑。

「這邊，這邊——」呂老太太指著閃映在日光裏的枝椏，「熟了，可以挽了。」

小傢伙停止奔躍，順著阿媽手指的方向看，楞在那兒，昌平看了好笑問：「沒看到嗎？」

「沒有哇！」

「再仔細看。」老先生鼓勵著。

「沒有哇！」

淑蕙笑著說，「這兩個小四眼，那能看見啊？」

「什麼？四眼？」阿媽問。

「是啊，我月初帶他們去驗光，居然都近視，不深就是，等著配眼鏡呢！」淑蕙說著有些興奮。

「無讀冊，目睛也會近視嗎？」

「查某人實在——」呂老先生爲老伴的話語，感到些許不悅。

「伊們一日到暗攏看電視，講不聽，目睛要貼在電視頂看才過癮，久了就近視啦！」昌平忙解釋道。

「嘿——不止這呢，伊們還是要錄影帶呢！」淑蕙半生不熟的閩南語，讓老先生微微地笑。

「啥？路影大——」

「媽，就是，像電影的啦！」昌平的不耐，有一半是針對淑蕙的。

「去戲院看？」

「無呵，在厝內看哩！」淑蕙說，「年底剛買的。」

「別解釋了，越講你老母越糊塗，那天又叫著要去把白髮染黑然後又想這、想那，黑髮又變白髮。」老先生喜歡取笑老太太的積習難改。

「看到了，看到了。」小文指著半空中叫著。

「我也看到了，我也看到了。」小武永遠是附和著。

「看到了，就爬上去摘啊！」昌平說。

小文聳了聳肩，看看小武，小武也聳聳肩，還把兩手一攤。大人們都笑了。

「做啥米？」阿媽問。

小文擁著小武走到楊桃樹南面，兩個人低聲說話。

「伊們要猜拳，看誰上樹去摘。」做媽媽的永遠以自家小孩的聰明自豪。

「還划拳？笑死人。」做祖母的感到不解。

「囝仔嘛！」老先生說。

「都市囝仔實在巧。以前哪，伊老爸小漢時，那一日無是像隻猴，在樹上攀上、跳下。」呂老太太愛憐的看著兒子，「這株楊桃，自結粒，阿平就第一個吃，吃到大、吃到娶某、生囝仔。」

「這是事實。唉！」昌平歎了口氣，「不過，現在每年還眞不容易找機會回來，好吃個痛快。」

「少年人事業打拚最要緊。」呂老先生緩緩吸口菸，將青淡的煙霧吐放在陽光裏，飄，飄，飄散。

「最是神經了，每次去喝糖精水加色素的楊桃汁。」淑蕙趁機告狀。

「囝仔也愛喝啊！」昌平辯道。

「是啊，愛喝，喝得飯菜吃不下，看，瘦巴巴的。」她仍不放過機會。

「阿文、阿武是太瘦、太白了。」老先生說。

「管伊們像猴，管伊們白，白才俊，無病無苦無痛就好。」老太太回答，「哎喲，乖孫仔，划拳好沒？」

小文、小武溫吞吞的走過來，臉上滿滿的委屈。

「小武輸，他不承認。」

「才不是，我輸三次，哥哥輸四次，他以前說他是無敵超人，可以到天空飛來飛去，可是，他不敢爬上樹。」小武伶牙俐嘴的。

「弟弟賴皮，他說他是科學小飛俠，可以打贏天下所有的超人，他想吃楊桃想得要命，自己不敢上去，還說人家。」小文依向媽媽。

「好了，別吵了，都是膽小鬼。」昌平叱道，「最沒有用了。」

小鬼頭哭喪著臉。

「我上去！」小武看看大人們的臉色，一副討好巴結裝作勇敢的說。

「好！」老先生豎起拇指。

「伊這一身新衫，怎麼上去？」老太太說，事實上小武的臉部都要青了，這小子會賣乖，知道大人不會讓他爬樹的，尤其媽媽從不准兩兄弟爬上爬下的。

「算了，我上去。」昌平說著脫下西裝，掛在枝椏上，淑蕙連忙搶了下來，抱在胸前，白了他一眼，這套夏天西裝可是花了幾千塊錢做的，他竟這般不知愛惜。

昌平握住粗大的枝幹，一躍，人就站在樹上。

祖孫四人忙著在地面指揮空中的作業，昌平把一棵楊桃樹弄得枝葉亂顫，楊桃蒂脆，一不小心就抖得滿地是，小傢伙忙著撿。

「丟，丟掉！」淑蕙一把拍落小文手上的大楊桃，「有蟲蟲，哎喲——」眞是一條青綠肥軟的毛毛蟲。小文嚇得臉色發白、泛青，緊抓住淑蕙裙襬。

「大驚小怪的。」昌平在樹上發火。

小武也不敢去檢楊桃了。

啪！一顆碩大的楊桃打在淑蕙剛做好兩天的頭髮上，她氣極罵道：「神經病，瘋了你，呂昌平，王八蛋！」

呂老先生和老伴訕訕的想替昌平說什麼又吞嚥回去，裝作不在意地瞧著半空中的枝葉。

幾乎是同時，昌平一腳跨過另一樹幹，樹椏承不住他的體重，咱！應聲而裂，他的雙脚因此猛叉向外，褲襠也被撕開，直到大腿，一條褲子裂成高叉旗袍，昌平楞了一下，跳下樹。

啊哈哈哈哈哈……

老先生清亮的笑聲飛揚，老太太更是笑得合不攏嘴，露出金黃的假牙，淑蕙脹紅著臉，心裏咒著，恨得要命，又聽到婆婆、公公快樂的笑聲，隱不住厭惡、惱怒，用眼角睥視著兩老，婆婆約是發覺了，趕忙抬手摀住嘴。小文、小武最善解人意，眼裏滿是笑意，不敢出聲：爸爸又做錯事了。

「爸，我們不理你了啦！」小文嚴肅的說，一邊還看著緊抿著嘴的媽媽，她和他們可是一國的。

「是啊，我們也不吃有蟲蟲的楊桃了。」小武接著。

「小事一樁，小事一樁。」老先生打著哈哈。

「昌平，快去換下來，我來縫，我來縫。」老太太說。

留下滿地楊桃，招來一羣綠頭蒼蠅，楊桃的顏色好似黯淡、萎黃了。一家人進入屋子，淑蕙氣難消。這套夏季西裝，從布料、鈕扣、拉鍊、裏襯、袋布無一不是她精挑細選的，店裏縫製時，只要她上菜市場，便要去蹓躂看看師傅的手工，昌平一向穿得隨便，顯得沒有光彩。每回上街，或是到朋友家，她總是有窩囊的感覺，這回好心好意，那想到他不知愛惜。婆婆正在屋內招呼昌平脫下褲子，她硬著頭皮走進內室。

「阿平啊，你看看你一雙腿，那會細得眞像白靈鷥脚，你是攏無呷、無睏嗯？」

淑蕙一脚跨進門檻，聽到婆婆壓低的聲音。

「卡無閒，呷啦睏啦，就卡無正常。」昌平回答。

「叫阿蕙燉雞湯給你喝，嗯，稍待我就殺一隻。」

「免啦！」

「賺錢愛賺，身體也要顧，唉，你娶某了後，硬要去都市打拚。以前像牛那款的身軀，無出三、五年就消散落肉，存無三兩重。唉，某囝某囝，做一個查埔郎……。」

淑蕙退出來，默默回到房裏。

一件原本新潔筆挺的西褲，被縫綴得七綹八現線頭，昌平卻穿得興高采烈，逗著孩子在庭院裏玩。

淑蕙在廚房裏幫著婆婆，她對生火可是又怕、又煩，弄了半天，柴束儘冒著青煙。婆婆說，這口竈可是燒了二十幾年了，淑蕙隨便應了聲。

「這隻雞，烏骨的土雞，滋養上好的。」婆婆把菜刀在雞脖子上一劃，雞微微掙扎，血自傷口汩汩流出，淑蕙閉著眼睛不敢看。

婆婆發現灶口無動靜，再看媳婦閉著眼睛，笑了笑，彎下身子，擦亮火柴，往草束裏一放，猛力一吹，草一點著，乾柴也燒著了。「這柴，還是年前砍下的蕃石榴樹枝呢！」

「哦。」淑蕙嚅嚅的。

「多待幾日，我飼了五、六隻土雞，攏是要給你們進補的。」婆婆邊清理著拔下的羽毛邊說。

「哦，免了，我們明日透早就要回台北啦，昌平公司有會要開。」不加考慮的回答，儘管馬上想到可能會引起昌平的不悅。昌平在公司一待十年，這回公司特別放他慰勞假，說好要回家一禮拜的。「雞，還是您和阿爸吃，台北什麼攏總有，昌平也不要，伊呷維他命就夠滋養了。」

「無它命，啥米無它命？每趟就是緊緊走……。」婆婆喃喃著。

「會啦，媽，有時間——等小文、小武上學了，有暑假、寒假啦，我們會常轉來的啊。」

婆婆歎了口氣，勉強微微笑的臉被鍋裏的熱氣籠罩著。忙完廚房，淑蕙走到外面，覺得眞好。黃昏了，這鄉野那麼平坦，微風吹著，天上彩霞變著各種姿勢，她深吸口氣。廳堂裏，呂老先生和兒子安靜的在八仙桌上弈棋，淑蕙在心裏詛了一句：無藥可救。

小文、小武不見了。淑蕙怕他們跑到門前馬路，一看，也沒蹤影，路那端橫著一座水泥橋，她聽到水湍湍流著的淸音，他們沒那個膽，淑蕙仍不放心，走到橋上，整條小河上，只幾隻白鵝迎著夕色悠悠游著。

淑蕙心裏一急，跑回家裏，又不敢大聲呼喝，內內外外找：小傢伙突然冒出，手裏各拿著一個青澀的楊桃，都咬了一口，是洗過的，淑蕙沒好氣的瞪了他們一眼，兩兄弟又各個推托，原來倆人躲在楊桃樹下，儘摘下面的菓子，一個一個嚐，發現都是澀澀苦苦的，沒有台北的楊桃汁甜。

「沒有爬樹吧？」淑蕙把他們頭上的葉子、塵網一一打理乾淨。

「沒有！」回答得不約而同。

晚上，淑蕙把這段趣事說給公、婆聽，博得一陣笑聲。婆婆把他們明日要回台北的事說出，又嗟歎一回。昌平看看低著頭裝作若無其事的淑蕙，知道是她的主意，心裏一沉，臉色便不對勁。

婆婆還在說可惜，不然兩兄弟可以好好玩，認識鄉村景物，也免做「都市土包子」。公公明理，發現兒媳不對勁，忙說：「年輕人打拚事業要緊。」

「神經病！」趁著公、婆都走出屋子，淑蕙忍不住罵出聲。昌平噓了口氣似的，脫了衣鞋，居然赤脚走出客廳，說是要洗脚，兩小傢伙也要洗脚丫，昌平領著他們到井邊打水，丟下淑蕙一個人看電視。

屋外傳來父子三人的叫聲。小文、小武興奮極了，這可是他們懂事以來第一次赤脚，走在軟冷的地上，沖泡冰涼的井水，淑蕙怕他們受涼，關了電視也來到井邊。

「來啊！」昌平拉起一桶水，「來啊——」

「媽，我喜歡井水，好棒呵。」小文說。

「我也是吔。」小武剛說完就打了個噴嚏。

淑蕙脫了鞋，昌平把水澆到她腳上。

「哎喲——」打從腳底昇起一股湛涼，直透到背脊、腦門，「我不要，我不要！」趕緊蹲下用毛巾擦乾腳丫。

「爸，爸——」小文緊張兮兮拉著昌平的衣袖：「看，那裏，那裏——」小武也抱緊淑蕙的大腿，還發著抖。

大人們定睛一看，楊桃樹葉叢裏隱約柔亮燈光游移著，昌平把小文交給淑蕙，謹慎接近。

他看清楚了，竟是父、母親，一個在樹上一個在樹下，兩位老人家興沖沖採著楊桃，夜裏不能清楚的分辨菓子青澀或成熟的顏色，老人家卻能根據菓子香和果子大小、肥瘦來判斷青、熟。

昌平輕聲喚：「爸、媽。」

老先生應了聲嗯，他站在下面，手裏提著一個大塑膠袋。樹上的老太太知道是兒子，便又忍不住埋怨，每趟轉來緊緊就走，實在……。

老太太的聲音自樹椏上飄下來，昌平聽不十分清晰，心裏卻湧著一股熱潮，直沖向眼眶。

「你老母知你和囝仔愛吃楊桃，連夜挽下比明早露水沾溼要好吃，伊怕你們走時露水未散，唉——來！」接過一串，小心放在袋子裏。

「媽，好了，好了，有夠了，要不然讓我上去。」昌平有種說不出的感覺，搓著手，不知所措，想上樹又怕壓壞楊桃樹。

「台北那裏買自菓樹新摘的楊桃呢？」

淑蕙和孩子不知什麼悄悄來到楊桃樹下。

「爸、媽……」淑蕙的聲音有些不自在。

「阿公，阿媽，謝謝您們……。」小文、小武一齊說。

「謝什麼咧！還跟阿公、阿媽客氣。」老太太把手電照向孩子。

「淑蕙，妳可不知道歐！我們這一家曾經依靠這株楊桃樹渡過最難、最苦的日子。」

昌平想阻止爸爸的話，「爸——」

呂老先生繼續說，「我們賣過楊桃汁，全褒忠鄉的老少都知道這一株楊桃樹的菓子，甘、甜、香、凊涼。」

昌平、淑蕙和孩子們一齊在楊桃樹主幹邊，依著累累的菓實和茂盛的枝葉，抬頭仰望楊桃樹，以及站在上面的呂老太太的身影。

——本篇獲一九八一年《聯合報》第六屆小說獎及國中第六冊國文課本，並入選年度小說選等

遺棄

天空，藍得太乾淨，陽光還很薄的早晨，卻已叫人感受著仲夏的熱了。開新車畢竟是一件愉悅的事，維揚看了看錶，距離會報的時間還有一段，何必把亮潔的車子推入灰撲撲的煙塵裏，他掉了車頭，覺得十分得意，輕觸一下喇叭，鬆開油門，讓車子輕巧地滑入巷道，艾梅一定覺得奇怪。

他故意不用鑰匙開門，用力揿了門鈴，像個頑童，臉上忍不住捉狹的笑，門開時，他霍地站出身子，艾梅驚叫一聲，沒有預期的快樂，看是他，原本上了底還沒打上胭紅胭脂的臉沉了下來，鬱鬱的看人一眼，冷冷問：幹什麼？神經病！

「沒有，」他回答，「忘了帶一份報表，對不起！」

他在書房折了一圈，隨便抽出個牛皮紙袋，她還端坐在妝鏡前描眼影，孩子歪歪的趴在地板上，正用一條紫蘿蘭口紅亂畫著，他彎腰在他小屁股上拍了拍，「乖，別再跟老師搗蛋呵！」孩子嘟著嘴，不理他，口紅都畫爛了。他看到她匆匆瞄人的眼神，他鬆鬆的丟下一句，「走了！」便下了樓。

在濱海公路竟恍惚的開到90，也許是昨晚的酒精潛伏著正在發散，維揚趕緊換檔，整條路似乎有些怪異，車子不該那麼少，甚至有荒涼的冷；他拐回市區時，鬆了口氣，聞著燥燥的煙氣，心安多了。

一隻黑白相綴的貓，倏然從紅磚道上溜奔過來，貓和車都猶豫了一下，飽滿有力的輪胎在地面上劃擦一條不顯明的印子，血是紅豔的，維揚下車，整隻貓糊糊地攤在前輪後端，他無力地敲敲引擎蓋，沒有人出面指認貓的身分，倒招得後面車子撳喇叭抗議。

他悻悻的啓動車子，心理開始泛起上班的情緒，停好車，推門進入辦公室。

金莉文抬頭睨他一眼，站起來，維揚走到門邊，仔細而溫柔地看了看她，「開會資料？謝謝！妳進來一下，小文。」前半句是講給座位上的職員聽的。

他脫了西裝，拉鬆領帶，門口的人影還在遲疑，終於還是進來，門半掩著。

「我開冷氣，把門帶上吧！」

金莉文眼裏閃著戒備的神色，吸了口氣，勇敢地聽他的話，在他面前挺挺的站著。維揚唇邊漾起笑意，「幹什麼啊，小文。」

「沒有哇。」在他辦公室內，她不必喊他「副總」，也不習慣叫他名字。「開會時間提前了，老總他們都來了。」金莉文認眞的說。

「啊！」他跳起來，抓起她給他的卷宗，她臉上有揶揄的笑。「喂，幫幫忙。」他指的是領帶。

她走近兩步，故意用力地拉緊領帶，「別調皮。」他拍拍她的肩，聞著她的髮香，禁不住擁了擁她，「小文，還好吧？」她推開他，一臉的怒和生氣。

「下班等我一塊去吃午飯。」維揚理了理額上的髮，金莉文轉身走出去，肩背上的長髮一顫一顫地，他看著看著，歎了口氣。

熱啊。總經理說。

市場的訊息很鮮活，但是我們不能大意。

股票漲停板，十分熱絡。

關於南部的新廠，董事會已經通過。

也不知道日子怎麼過的，股票股票，開會開會，還有不可少的黃色笑話。

晚上，咱們該去慶祝一下，維揚兄眞不愧是才子，整個計劃眞是天衣無縫，叫董事們看傻了眼，全票，嗯，全票ＯＫ！總經理瞇著眼笑著。

老套了。

他想。

有時眞懷疑他們拿他當白痴，所謂「副總」不過是企劃部的掌門，除了資料、計劃，他那裏有什麼實權。

天才啊！維揚兄。總經理又說。

這一次本是滿懷希望的，那知道案子通過了，他李維揚三個字也從名單上剔除了，派去的人都是平時混吃等死，逢迎拍馬屁的傢伙。

總經理傳達了上頭的意思：公司不能沒有你。

幹伊娘！

維揚竟脫口而出，好在聲音不大，他們正在大談某女星的胸圍問題。

天才和白痴只是一線之隔吧。

上次也是的，董事長親口說的，誰的企劃案過關誰就去開疆闢土。縱使是小小的廠長，他也甘願的，他滿懷信心地告訴艾梅，並要她準備搬家。他實在不願再屈蹲在高冷的辦公大樓裏，他看不慣他們相互傾軋，急名好利的幹來幹去。結果，他勝利了也失敗了，勝利的是他因之升了職，辦公室大了，失敗的是他終於不敢提出抗議，白白的讓別人拿去自己辛苦擘畫的東西去按圖索驥。幹！

失敗了，只是口頭禪的罵了句髒話，心頭就涼了半截，他驚訝自己的麻木，金莉文似乎早就料定了，她推門進來，自從那件事以後，她絕少這麼主動走入他的辦公室。他想：她該會說幾句安慰的話。

維揚長吁口氣，點了支菸，踢掉鞋子，把脚蹺到桌子上，恣意地半躺在高巨的座椅上，看她不講話，他也不開口，只疲憊懶散地看她，有些朦朧，有些醉意，他就是喜愛她微低著頭，輕咬嘴唇的模樣，他從初中時代就極愛看留著長髮的女孩，金莉文的長髮有種廣告明星的亮柔，披瀉在肩背上，他更喜歡她柔滑的背，她的髮是黑色的靜靜的瀑布，她的背是暖暖的河，她在他面前，總如此容易挑起他戀愛的恍惚，少年的爛漫。

「嗯。又垮了。」他指的是企劃的事。

金莉文抬頭，戒備的神色之外另有幾分狡黠，他把脚放下，坐正了些。

「中午，我有事。」她說。

「很重要的話，我不勉強妳。」他體貼的說。「來，坐近點，讓我——嗯，小文，我要好好看看妳。」

他看得出來，她是拒絕，自從那件事以後，她從不給他再次的機會，連握手都不。

「小文，妳要保重自己，還流血嗎？有沒有再去醫院看看，妳也眞是，爲什麼不讓我陪妳去？」維揚和緩的音調，並未使金莉文解除武裝，只眨著眼睛，不正面回答。

「我和蔡台生約好十一點見面，沒事的話，我想先走。」

維揚強作自然，腦裏閃過那年輕模糊的輪廓，「妳走吧。」

金莉文站起來，眼睫還眨著眨著，閃過一層水意。

「怎麼啦。」他掏出手帕，她拒絕，有些哽咽，還是忍住，儘量使聲音低和。

「我決定不來上班了，明天開始。」

這回維揚不再掩飾，是驚訝也是失望。

「我不想再錯下去。」

「小文，妳放心，我絕對不……。」

她勇敢的看他，「這也是蔡台生的意思，他要求我和他下個月訂婚。」

「莉文，妳把我當成小人？妳把……告訴蔡台生。」

「沒有。」金莉文咬了咬嘴唇，眼瞼下滴著淚水。

她明明是不信任他的。

「你放心，小文。」頓了頓，「我一直很內疚，我一直要好好補償妳。」

「不必！李維揚。」她第一次這麼同他講話，「只求你，今後，我們之間沒有任何瓜葛，我的過錯，我自己承擔，就當它是一場惡夢。」

金莉文爽快地走出副總經理辦公室，他聽到她跟外面的人愉快地打著招呼，一個快樂的赴約會女郎。

好厲害的金莉文！她遺棄了他。

李維揚捺熄煙蒂，自嘲地對著壁上的整容鏡苦笑，這回是全盤輸盡了。

他曾經想學學那些傢伙，當一個卑鄙的混球，替金莉文租個公寓，恣意地享受快樂的秘密，他不要在每天下班時看艾梅陰陰沉沉的臉色，她不說話，都會令他難堪了，她又是一個喜歡吃藥的女人，吃藥使她哀傷並且安心。

中午，李維揚逃難似地走進附近巷子裏的一家旅館，天氣太熱，這幾天連日趕企劃，又參加了幾次推辭不掉的應酬，喝了不少酒，痔瘡又犯了，底褲老覺得膩膩的，叫人坐走都不自在。

旅館是他的秘密之一。

他經常躲在隱密的房間裏，享受強度的冷氣，看閉路電視，藉著黃色的外文雜誌學英文。有時，攜了瓶酒獨飲，十分的痛快。

李維揚脫去身上的衫襪，痔瘡使他不能安心抽完一支菸，放了水，新近看了篇文章，說坐浴可以治療痔瘡，他抱著姑且試試的心裏，斷斷續續弄了幾次，似乎有點效。痔瘡也是他的秘密之一，艾梅不知道，金莉文不知道，情形太糟的話，他便去買新底褲換下沾滿血跡、黃濁臭味的褲子。

好厲害的女人，他被她遺棄了。

他試了試水溫。剛開始坐浴時，太冒失，一屁股坐下去，水太燙，搞得幾乎脫皮，趕緊搽小護士藥膏，現在是有經驗了。

他先半蹲，讓水溫慢慢浸燙，再整個屁股坐下，呼著氣，忍住輕度的灼痛，讓臀部的皮膚適應下來，這時候，他取出色情雜誌，認眞的查英漢字典，這也是秘密。

他闔上雜誌，後悔讓金莉文知道得太多，包括他愛看「書」，和這間旅館的所在，只有她知道這裏，他和她來過幾次。

想著金莉文，那裏料到她會來這麼一招狠招，他一直以爲她很體己，是前世今生唯一的紅顏知己。他把和艾梅之間的齟齬，和老總、公司的高級幹部間的衝突、明爭暗鬥，都一五一十的告知她。在那件事情之前，她溫柔如情人，其實，兩個人都知道，感情的發展，必然會產生什麼樣的結果。尤其，他是一個事業有成，家庭不甚美滿的男人，她一定了解和他在一起的趨勢，他也曾玩笑地警告她，他是一枚看不出殺傷力的炸藥，她竟然邪邪的笑他，有些天眞，有些風塵女子的意味。在他連番的遭到打擊，屢戰屢敗的時候，金莉文灼熱的青春，使他不致潰解，也使他能夠屢敗屢戰，他強烈地依恃著她，她陪他加班，陪他三更半夜開車去淡水、吹海風、等海上的漁船返航，她也不拒絕他帶她到旅館。他說；小文是今世唯一的戀人了。

他撕下書上的裸照，噁死了。順手丟到馬桶裏，猛然發覺浴盆裏殷殷的血在水中，一絲絲，一圈圈地化開。

李維揚急忙站起來，肛門口垂著一球球討厭的東西，他用衛生紙擦頂進去，手上沾滿了淋漓的血，一邊洗手、一邊想到早上那隻枉死的貓。

他冷，調了冷氣開關，還是冷，乾脆關掉。床單上竟又染了斑斑的血跡，他揉了幾張棉紙，放到床下，一下子又溼掉了，他平躺下來，才覺得舒適些。

金莉文告訴他，她有了麻煩，而她的冷靜令他悵然。

爲了避人耳目，他開車帶她去基隆，找了間不大不小的醫院，看金莉文毫不畏懼的神情，李維揚不假思索地問她，「妳有過經驗？」

金莉文咬緊下唇，氣極瞪他一眼，走進手術室。

他坐在外面，聽到金莉文的呻吟，心裏一陣抽緊，接著是尖銳的機器哼叫，聽說這是最新設備，又快、又乾淨，果然不到十分鐘，手術就完了。門一打開，金莉文被送進隔壁的休息病房。

李維揚被召進去，被麻醉了的金莉文頹頹地攤在床上，他看她睁開無力的眼瞳，一種死的姿態，他急得落淚，醫生說她會醒來的。他握住她的手、撫摸她的脚，心驚、惶亂，她的呼吸淺淺的，沒有規則，護士來打點滴，她身架小，血管細，連戳幾下，才看見血，他心裏狂呼著，小文妳不能死啊。

也不知怎的當時會那般難以自己，直到莉文半清醒狀態，他才安下了心，卻也傷了心，金莉文嘴裏夢囈般喊著的竟是另外一個人的名字，還說了些模模糊糊，可以猜出大意的話，李維揚心裏還在掙扎著，裝作不知道，期望能夠打開僵局。

他送她回到這間旅館，原本希望她好好休息幾天，他為她買了幾種補藥，她在旅館待了一個下午，他是極認眞的，甚至起了不惜和艾梅離異，也要和她在一起的意念，他說給她聽，輕吻她，她卻哭了，還拒絕他躺在身邊，趁他出去加油，自己走了，過了幾天，若無其事的回到公司上班。

金莉文，金莉文——

李維揚望著天花板，讓自己飄浮在冷空氣裏，似睡非睡，他起身拉上窗帘，光線被抽離成灰灰黯黯的，像不清澈的池水，他有著陷溺，一種滅絕的感覺。

金莉文淒淒怨怨地告訴他，她只是和青梅竹馬的男友賭氣，只是同情他。他以為這一段只是小女孩的想像吧，從不認眞去想，不當作回事，直到蔡台生，那個英挺健壯的傢伙坦然大方的到公司找金莉文，他還以為事情會有轉機的，金莉文的戒備防守，並沒有讓他絕望，她偶爾還會在言談中流露出對他的關懷，直到今天上午，他驚覺時，整齣戲已經演完了，不知算不算落幕，很簡單的劇情，她是個天分很高的導演，又是敢犧牲的女主角，她演得三轉九折，驚心動魄。

好厲害的角色。李維揚歎了口氣，他豎白旗，對方卻還蔑視他的投降。

他坐起來，頭有些疼，胃也隱隱痛起，他伸手按住鬆軟的肚皮，彎腰，像一隻遠離水濱的蝦子，跌趴在床上打滾。

他的呼吸微弱下來，他想起許多事，那些影像魔幻般地在他額前撞來撞去，他承受不了重力的擊打，整顆頭顱要裂開似地，血開始汩汩地流淌……。

一片光突然襲湧進來，房門忘了上鎖，服務生一推就進來，看著裸裎的李維揚，趕緊退出去，在門外囁嚅的解釋，「先生，失禮呵，以爲你走了，失禮失禮。」他嗯嗯應兩聲，繼續跌入惡夢的黑淵裏。

過了不久，服務生又來了，敲門把他吵醒，非把他叫起來不可，他開了門縫接過水壺，卻是一張柔媚的臉正對他笑，想擠進來，他搖搖手。

穿好衣褲，去抹了把臉，看見鏡子裏的五官有些青獰，他對著自己做了個恐怖的鬼臉。

不想回公司去參加什麼慶功宴了。他媽的，喝酒和開會有什麼兩樣，酒後少不了餘興。所謂餘興節目，不外是貓吃腥之類的活動，關於這一點，他和他們是保持距離的，他也不像他們老臉皮厚，拿自己老婆或者高級名妓當話題，聽說他們的老婆也組了什麼「婦女會」，要來對抗丈夫的外遇，專找公司裏的小白臉臥底，當偵探報告行蹤，無聊、噁心透了。他和金莉文的關係，如果她不說出來，不會有人知道的，而他這一招，比他們高級多了。

他想直接回家，很久沒有在家吃晚飯了，飯後，趕得上第一場電影，艾梅不會反對的，也可以舒緩一下彼此的氣氛。他知道，和金莉文這一段將成爲他的秘事。

其實，艾梅還是一個不算差的女人，除了胖、喜歡吃各式的維它命藥丸，她總把家裏收拾得挺整潔、菜也燒得不錯。她不喜歡講話，有輕微氣喘的緣故，也不喜歡外面的活動，她喜愛這個家、這幢屋子比他更甚。

李維揚不想再幹如早上的糗事了，輕輕把車停好，小心開門入內，艾梅是在午睡吧，貪睡是她胖的原因，而她老懷疑是內分泌失調的緣故。她最大的優點是從不干涉他的生活，並且把他交給她的錢分配得十分妥當，從不向他叫窮。

那段和金莉文如火如荼的日子，眞對不起艾梅和小德，往往他驚鴻一瞥的回到家，三個人難得講句話，連愛撒嬌的孩子也有些心不在焉，視若無睹。想到這，維揚心悸了一下，他當然不可能把那段荒唐告訴艾梅，卻暗下決心得收拾收拾曾經冶蕩的心。去他的金莉文。

屋內沒有動靜，艾梅不在，客廳裏不若往快那般淨亮。他覺得餓，冰箱裏什麼也沒有。

他坐下來，時間還早，小德的幼稚園都還沒有放學。艾梅一定是去買菜，不如去市場轉轉，艾梅一定會高興的。

下午，市場人不多，他幾乎是焦急地蒐視每一個攤位，艾梅目標大，不難找到的。他確定她不在，便開著車在附近漫遊，單行道限制太多，不到十分鐘，又折回自家巷子。突然，他看到門口那部墨綠八五年韓國車，那不是張標的車子嗎？沒錯，車牌號正是，他來幹什麼！

李維揚靠邊，將車子停在巷口計程車列中，遠遠張望。張標那老鬼怎麼會到家裏，艾梅？艾梅會和他出去？張標在李維揚心中，雖不是大奸大惡，卻也不是個好貨，每天一身香水味，打老遠就沖入鼻子，光鮮服貼的頭髮永遠是油亮亮的，他覺得他是個邪道人物，所以很少打交道。張標是業務部副理，看見人鞠躬哈腰，似乎是他的習慣，叫人心噁，金莉文就曾對維揚說，張標是個老色鬼。

艾梅會和他在一起？會——嗎？

他思索著。

他擊掌，是啊！她最近是不對勁啊。

以往難得看她抹胭塗脂的，今早，不就是明證嗎？

張標未免太欺人，竟登堂入室來了，這對狗男女，維揚啓開後車廂，拿出大扳鎖，暗藏在座椅下。

艾、梅、這、賤、鬼、胖、母、豬！

他一字一字的咒罵著，她料定他不會回家嗎？

他握緊拳頭，不放過紅鐵門內的任何動靜。

幹！找死！

他脫下西裝上衣，守候在拐角的樹下。

艾梅知道他和金莉文？她在報復他！

李維揚坐入車廂。

艾梅一定知道了，她的胖不是粗枝大葉，她有細的一面哪！他思索著，暗叫一聲糟！她一定潛入書房偷看他的筆記，那上面寫得最多的恐怕是自己對金莉文的情感。報復，是的，她是在報復他。從不給好臉色看的，沒有關心，只有怨懟的看人。連假日他也要藉故溜出去透透氣。她一定早就發覺異樣了。她和張標有多久了？

李維揚感覺頸後直冒冷汗，他最後的據點都被攻佔了，他從後視鏡裏，看到自己死白的臉色。

看看時間，幼稚園也放學了。難道說，艾梅當著小德的面和人勾搭？難道，小德被他們收買了。小德是個聰明的孩子，他們一定費盡不少心思。難怪啊！最近小德不再撒嬌，大眼睛裏總漾著疑惑。

艾梅知道他和金莉文。那麼，張標這傢伙也一定知道囉！張標是出了名的長舌男，公司裏知道的人不會少，金莉文一定聽到了風聲，才想要辭職的，也許她和蔡台生的舊情復燃，只是她編造的故事。啊！李維揚趴在方向盤上，痛苦地呻吟、頭疼，摸出白花油，不小心搽到眼裏，淚水汩汩地冒出。

門開了，走出來的就是張標，平日西裝革履，今天卻是運動衫、短褲，他開了車門，等人的模樣。然後，他看到金莉文走出來，朝裏面揮手，坐進張標的車子，李維揚心臟一陣抽痛。

完了。

操蛋啦！

他喘著氣，看著墨綠色車身優美的滑過車外的馬路。

這是個偉大的陰謀。他想。

根本是個騙局、仙人跳。他想。

他是天才，也是白痴。他想。

事情的發展居然這麼急轉直下，張標一定是金莉文的幕後主使者，他們挖了大陷阱，叫他一吋一吋的陷下去。他忽然記起金莉文有一部日本帶回的相機。糟糕透了，她一定用它拍攝不少證據，然後，再拿著照片到家裏來敲詐，艾梅一定慌得任人擺佈，張標敢帶金莉文找到艾梅頭上，也難保他不會在公司裏操縱這個秘密，做爲予取予求的籌碼，如果他不聽話，張標便可能利用蔡台生……

完了，這輩子完了。維揚對自己說。

怎麼如此糟糕呢？他問自己，答案在空白的腦子裏。

他終於走進家門，鼓足勇氣地撥開福字珠簾，客廳裏光線不好，艾梅背對著他，她不是聾子，珠簾子還在碰響著，他緩緩接近她，輕輕的張開嘴巴，喉嚨微用力，舌頭慢慢向後平縮，發出歎氣般的，——艾梅，再叫一遍，「艾梅！」

艾梅猛轉過身，一臉的驚嚇，先是大叫——啊！她已經滿臉淚痕，顯然是經過克制的，這時再也禁不止，號咷哭叫起來。

李維揚像個做錯事的小男孩，只一味叫著——艾梅，艾梅。

一時竟說不出話來，艾梅咧開嘴巴吼叫他的名字，「李——維——揚——」

「你還有心沒有？」艾梅一把抓住他的領帶，他也不反抗，還壞心肝地想著，反正一切豁開了，教她勒死，一了百了，想著這裏，猛一股熱淚湧上眼眶，他讓眼淚順著鼻樑、人中、嘴、下巴流下，沒有止住的意思，艾梅的號哭變成啜泣，他站起來抱住她，心裏正暗暗得意，艾梅卻一把甩脫他，擤了滿手鼻涕，他忙遞過紙巾。

「你說嘛！你整個下午到那去了，你說嘛。」艾梅恨恨瞪著他。

「我差點死掉，自殺，我差點自殺，在旅館裏。」他認眞的說。

「鬼話。」罵著又哭了。

房門無力地啓開，走出一頭一臉綳帶的小德，艾梅撲過去抱起他。

「怎麼回事？」李維揚猛醒地問。

「你還會關心他啊？嗚……」

艾梅硬不讓他抱小德，他生氣了，卻莫可奈何。

「小德，你告訴爸爸。」他握著孩子冰冷的手，孩子渙散的眼神瞟著他。

「小德他中午從幼稚園溜出來玩，在馬路上被車撞了。嚇死人，一身的血，我——」哽咽著斷斷續續說話，聽起來吃力，也令維揚心安了些，「我接——到——醫院——電話——馬上打……你去死了啊，鬼影子沒有半抹，全世界都找不到你，要不是張先生和金小姐，人家金小姐還捐了血，你你你去死了好啊，去死了好啊！」後半段兇狠、潑辣極了。

李維揚俯視著兒子，溫柔地說：「小德，對不起，爸爸一定會好好陪你。」

然後，他嘻皮涎臉地環住艾梅圓軟的腰，在她寬厚的耳腮邊呵氣，「太太，對不起！」

他決定明日起開車和艾梅、小德去環遊台灣。至於公司，去他媽的大不了不幹，他要痛快地享受二度蜜月的情趣，並且他覺得艾梅的胖有幾分可愛。

——原載一九八一年五月《小說創作》第四期。

兩個爸爸

來到田洋村，條忽已兩年了。

是什麼時候開始喜歡這裏的已無關緊要。此後，我將永遠懷念這裏。但我不得不承認，在甫向田洋國小報到之時，我對這裏著實沒有好感。

我和孩子們及田洋村村民打成一片。有一次，家庭訪問中，我認識老馬、老楊，他倆的故事令我驚愕不已、難以置信，但眼前的事實，卻不容否認。由是之故，我對人生的態度得以趨向成熟、穩重，對以往的某些缺憾心存感激——沒有撞擊，鐵怎會成鋼呢？

開學不久，學校命令級任老師要逐一實施家庭訪問，因爲到課率太低的緣故。校長說：我們這間學校要辦得好，首生要解決的便是學生人數，年復一年，逐年減少的狀況，不能再繼續下去了，老師們，自強不息啊！

馬楊林是我班上的學生，整天白癡般地張著嘴巴，涎著口水，他不是乖孩子，但精力過人，平時喜歡打架，會唱曲調模糊的山地歌，和一些流行歌、民歌。

依址找到了棕櫚鄉田洋村七號，我看到懸在門口上方的名牌計有三塊：

馬・楊・林

我正在詫異之際，馬楊林跑出來開門。

一個壯碩的漢子，咧著嘴露出白亮的牙齒，連連喊著老師好、老師好，接著是一串朗笑。略一遲疑，我決定不主動和這位顯然是家長的漢子握手，以免手指受傷。

「是馬先生？」我問，看了看馬楊林那小子。

「哎，我姓楊，請指教。」

「啊，抱歉！」聽他口音是四川人，我便以捲舌的四川鄉音致意。這時，我也才發現他的脚有些跛。

「那——你爸爸呢？」我問羞低著頭的小子，同時伸手拍了他一下肩膀，「別緊張嘛！老師只是來聊天。」

「啊，我就是。」楊先生笑道，「我就是！」

我一時語滯，無法舒平僵硬的舌頭。

「馬楊林最調皮了，成績不好哦！老師。」楊先生撫著馬楊林青葱般的頭，眼裏溢出關愛之情。

「他很聰明，只是希望他每天都能上學。」對每一位家長，我都這麼說。

楊先生又哈哈朗笑，我正要告別，竹林裏走出一個與楊先生年紀相仿的男子，一副割筍的裝束，馬楊林跑向他，喚道：「爸，老師唔。」

「你好，老師。」舉手向我行個軍禮。

「我的兄弟。」楊先生向我介紹道。

「哦！」我無法拒絕沾著泥土、伸到面前的手。

我回到宿舍，正要吃速食麵，馬楊林握著兩支嫩白的筍，在窗口向我招手。

「老師，爸爸要我送來的。」

我開門讓他進來，他卻想溜掉，「別跑，馬楊林。」我嚴厲地制止他，他怯怯地迴身過來，「老師。」

「來，老師請你喝杯汽水。」我接過筍子，「謝謝你爸爸。」

「也要謝謝我啊！」小子兩顆眼珠碌碌轉著。

「好，也謝謝你，馬楊林——」我溫和的讓他坐下，用指甲在筍皮上掐了一下，「很嫩，一定好吃，是誰種的啊？」

「爸爸啊。」

「誰？」

「爸爸啊。」

「誰？」

「老師，是、我、爸、爸！」他湊我到面前，大聲。

「爸爸？那一個？」

「兩個！」

「兩個？」

「我！兩個！」馬楊林嘻嘻地笑著，「老師，我有兩個爸爸，一個媽媽。」

我心中一顫，思忖著，這是一件多麼荒謬的事。

「媽媽呢？」

「回山上去了。」馬楊林說，「老師，我爸爸說下次要請你客，他說你是小同鄉，我要回去了，老師再見！」

過了幾天，座位上失去馬楊林的影子。對這麼個問題家庭所製造的問題孩子，我能說什麼，但基於職責所在，我再度來到竹林。屋子裏只有一隻土灰色的狗，朝我汪汪叫著，顯然並沒有人在家。正在附近種花生籽的婦人說，楊先生生病了，正在鎮上陳外科住院治療，並問我有什麼事，要不要託付什麼東西——指的是慰問品，這是田洋村富人情味的一面。婦人又說她丈夫將在下午前往陳外科探視病人。我回答道，我將自己前去。

小鎮距田洋村約十公里，是附近農鄉人文薈萃、交易買賣的據點。簡陋但堪稱宏大的陳外科醫院，竟也是唯一令鄉人們心安的診所。我走進去，迎面是市場般的喧囂，大夫們權威而親切的態度，當是他們樂於受診的最大原因，老楊住在二樓病房裏。

眼前的一幕，使我尷尬極了，好在彼此都是男生，才沒有那麼難堪。扶著老楊的老馬，很坦然的喚我坐下。他正協助老楊解手，我聞到一股惡臭，比諸農舍間骯髒的廁所有過之無不及。因爲招呼我的緣故，利便器——一種塑膠馬桶，沒有對準老楊，以致床下漏滿了濁黃的液體。

「哎哎。」老楊顯然是不安的。我裝作閱讀牆上人體解剖圖，避開視線。

「沒有關係啦，來，拉完，拉完。好！再來，來，嗯，用力。好！唔，對了，大夫講通了便，就表示沒有問題了啦。」老馬扶好利便器，像哄著嬰兒般細聲軟語。

「是啊是啊！」我呼應道。

「好啦！這不是好了嗎？嘿嘿。」像滿意的父親，老馬笑了笑，又替老楊擦了屁股，讓他躺下。

「等會兒啊。」老馬對我粲然一笑。

「沒關係，沒關係，你忙好了。」我把攜來的奶粉置在茶几上。老楊翕動著嘴唇：

「老師，謝……。」

「那裏，你好好休養。」

「快好了啦！」老馬彎腰，拿起利便器，端向盥洗間，還邊安慰病人。

「唉，在戰場上，槍裏來，彈裏去，也沒傷我一根汗毛，想不到脫了軍裝才幾年，就一身病。」老楊手抓著棉被一角，「眞不甘心哪！」

「楊先生，快別胡思亂想，小災小病的，有啥大不了的。病好，又是一條鐵錚錚的漢子。」

老馬進來，嘴裏不讓閒著，「是嘛！王老師說的是。哎，老鄉，幹嘛呀？好好躺著，苦了大半輩，乘機歇歇還閒累啊，赫！」他又彎腰，手裏拿抹布在擦拭床下那一灘穢物，又走出去。

「我這兄弟。」老楊哽咽道，搖頭，「拖累了他。」

我替他拭了眼淚，心中一酸。金戈鐵馬，百戰沙場的老兵，一朝病臥，鐵漢成了軟泥，隨人搬弄，善感的我，想到他們一生最美好的青春，如江水東去，保了老命，解甲歸田，卻剩下一具病體，也不禁陪著老楊難過半天。

老馬進來，看我眼眶溼紅，別過臉打著哈哈。

「春花，」老楊顫聲問道，「還沒有來？」

「春花？還沒有。唉，老鄉，幹嘛呀！她要走就由她去，叫她回來折騰你不？」老馬轉向我，「老師，真抱歉！她把馬楊林帶走了，沒有請假。」

「哎，沒關係。」我訕然道。

過了數日，馬楊林傻楞楞的臉出現了，我抓住他問，「姆媽回來了？」

他猛點頭，又說「被爸爸捉回來，爸爸也回來了。」

「那一位？」

「兩個啊。」他嘻著臉，意思是老師好笨。

放學後，我三度造訪竹林，啓門的女人，一臉羞赧，我驚訝於她的年輕、姣美，薄衫內躍動著青春的軀體，她盈盈笑道，「老師，進來坐！」

她執意要我留下晚餐，對這份熱情，我實在無法拒絕。再者，我想乘機探索這個家庭裏所存在的問題。是時，我對一切事物，不再因戀人的離去而意興索然，相反的卻充滿了好奇之心，以之轉移自我的挫折，並企圖改造一個新的自我，以迎接未來久遠的路程和挑戰；於是，我留下來。

「呵，嚐嚐我的手藝。」老馬高興笑道，轉身便走入廚房。

「這個伙伕頭。」老楊指著他背影。「除了不會生孩子，什麼鳥事都會。」說完，朝著屋外喊道，「春花，春花，拿香菸來。」

女人拿著一包長壽進來，嘴裏先啣了一根。

「我不用，我不用！」我連忙拒絕，她嘴裏噴出的煙霧，漫了我一臉。

「還不去厨房幫忙。」老楊喝道。

女人眨眨眼，無所謂的又吸了一口，迤迤然出去。

「唉！」老楊對著她背影歎了口氣，也猛吸了口香菸，卻又咳了起來，邊咳邊搗著腹部。「本性難移呵！」他痛苦說。

老馬果然手藝絕佳，只是鹹了些。

「酒，老師，咱們喝兩杯，好好聊聊。」他說。

「我也要，老鄉。」老楊囁嚅的說。

「……」老馬張著嘴，想說又嚥回去，他把著酒瓶倒酒，給老楊的總一點一點斟，不夠半杯。我注意到他臉上的不悅，以及老楊貪婪的眼神，老楊舉杯的手微微抖著，總是一仰而盡。

「可以了。」老馬把老楊的杯子推回去，老楊哭喪著臉，像個無助的孩子望著我。

「馬老哥，今晚，眞是酒足菜香飯飽了，我要醉了。」我把自己杯裏的酒倒了一半給老楊，「來！大家乾杯。」

回到宿舍，已經夜半，約略盥洗後，我坐在桌前批改作業，想不到老馬來敲我的門。

「老師，我有事。」他開門見山，「務必請你幫忙。」他脹紅的臉閃著亮采。

「老哥哥，只要我做得到，義不容辭。」我拍著胸脯，泡給他一杯濃茶。

「我的兄弟在作賤自己，」趁著酒意，老馬娓娓敍述著：

相信我，我沒有醉。

哦，你的茶很香。

戰事，久遠的年代。兵荒馬亂，多少人離鄉背井，呃！你當然沒有這樣的記憶啦！我們像一羣饑餓的鳥雀，張惶於逃難的路途，最後，終於在那陌生的島上落足，不！在戰地，一個芝麻大的小島，我和老楊負責戍守海灘碉堡，而彼時的空氣裏，瀰漫著大戰的氣息！由於同鄉，我們在舉目無親的情況下，互拜爲兄弟，在碉堡內相依爲命，年稚的小子，聽到砲聲還要溺溼褲子哩！

但是，我們不會。戰火是生活的一部分，除了自己，我們愛酒。那時，軍營的長官說：槍就是我們的愛人。因爲，兩人都曾在北地的雪天冰漠裏生活過。所以，酒是我們不可缺少的飲料，酒使我們像個男人，十七、八歲的小伙子，還不是一樣去逛樂園。你懂嗎？八三么，八、三、么！聽過了？那好，你懂就好。哈，愛人、酒、八三么，赫赫！我們在小島上待了將近十年，每天準備打仗。

果眞，戰火又燃燒起來了。

但我們不死。你看，我只是受了點小傷，這塊疤記就是哪！我的兄弟楊四川——名字是當初在四川被編入軍隊時，文書填上的，他比較慘，彈片隱藏在他身體中，這使他成了老病號。

部隊移到另一個比較大的島，我們過著比較安靜的日子，但戰爭並沒有遠離我們。好了，話說回頭，你知道八三么是幹啥子的了，那我坦白告訴你；老師，我只對你說——

我們在八三么認識林春花；彼時，多少人買她的票啊！當然，我和楊四川也不例外。在某個單日的砲戰中，四川被破片擊中。他被醫生宣告，必須脫卸草綠軍服，他是多麼沮喪啊！辦好退伍手續，我將他窩藏在伙房裏——。彼時，我已升任班長，伙伕頭啦。最後，被長官發現了，我受到處分。四川卻把領得的退役金，幾乎全數花費在八三么的春花身上。

呵！你別以爲他偉大。當然，我是把他當做親人的。我的兄弟，他把春花的鐘點——就是買票啦，買了一大本。哦，老天。逃難是免不了攜一些金條在身邊的，我一直帶著，不只是因爲它們可以換不少錢；更重要的是，那上面有我馬氏金舖的烙印哪！

一日夜裏，我照例在微酪中就寢。

忽然一條黑影，在暗中的細微光氛中活動。你知道的，每一個老兵在冥暗裏的警覺，比軍犬還敏銳。彼時，對岸的敵人，經常鬼魅般地噬去碉堡裏年輕、或年邁者的生命。我以爲時機來了，奮力躍起，撲擊那一條笨拙的影子，然後發現倒在血泊中的四川，我的兄弟。他說：許多兵士把金子和錢獻給春花；春花就要跟一個老鬼回台灣了。那老鬼因戰功獲得鉅額獎金，因受傷也必須退役。他沒有金子，我有，他利用夜黑要借取我的金子。他說得有理，這怎麼可以呢？春花是我和他的。啊，年輕人你別笑。春花溫軟豐滿的胸懷，多麼令我們愛戀啊！當夜，我責怪他不該拿自己性命開玩笑，萬一衛兵發現他潛入碉堡，子彈是不長眼睛的，萬一我的拳頭再重些，他的腦殼如何承受得了。我把所有的金子交給他，隔天一早，他得到春花。過了幾天，他和她離開戰島。從此以後，啊，我過著孤獨的生活、老狗不如的日子！我幾乎活不下去了，像被拋棄的受傷的鴿子，渴望著愛的蜜汁敷潤傷口。我的兄弟使我精神錯亂，又想他、又恨他，他怎麼可以霸佔春花？啊！我每日在喝酒，酒是會使人瘋狂的，我的長官因害怕我的失常，會造成慘痛的意外，把槍、刺刀鎖得緊緊的，甚至連菜刀也不許我再碰，多麼可恥啊！被繳了械的戰士，我成了禁閉室的俘虜，被加上脚鐐、手銬，嚴密的被看管著。每天，我對著外面狂暴的吼叫著。

我的兄弟終於送來信息。

我提出退伍的申請，迅速獲得批准。誠然，我已無法遂行一名戰士的任務了。

我們住在一起。啊，老師，你笑了，全田洋村的人也在背後笑我們，你不必否認。我只有這個兄弟了，啊……。

春花，不是一個很好的女人，但她使我們……哦！年輕人，你會懂得的，終有一天，倘若你在戰亂中流離，你的親人……她是我們唯一的親人。後來，加上馬楊林，這個小雜種，哈哈哈哈……。

年輕人，你臉上的表情，告知我你心裏的疑惑，你覺得滑稽嗎？

讓我繼續說下去：

我的兄弟因爲舊傷療治不當，終年身上發著惡臭，那個女人，不！春花，她輕視他，甚至不再和他同房。女人，她需要的是男人的情愛，是不是！年輕的你，對女人的了解有多少呢？她愛的不只是金子啊！

我的兄弟，竟因春花的緣故，而頽喪如一尾無力掙脫泥垢的泥鰍，他粗暴地毆打春花，我又有什麼辦法呢？春花也打他……。

我兄弟的傷痛，因迷亂且無節制的生活，而加重了。可怕的是：他竟然藉著了斷自己來結束春花對他的輕視。老師，求你，你找個機會去勸他，救救他的靈魂。啊！我就這麼個兄弟，而我無法時刻看著他，我白天必須做一些農事，我不能讓我們的田荒廢。你知道的，我們全家的生活，必須仰賴我的勞力。

你別說我偉大。我——我不過是一個小卒，活著就是爲著活著，還有什麼理由可說？

一夜的談話，使我無法在清晨按時起床，聽調頻電台的英語節目。我胸中的理想火焰熱度，依然高漲著，除了接觸和探索新奇的事物之外，我更狂熱地吸收知識，企圖做一個頂天立地的學問家。

醒來時，睡意仍侵襲著腦神經。我歎了口氣，決定賴床片刻，以養足精神，應付今日體育和童軍課。鄉下孩子要命的活躍，你必須有倍於他們的體力，才制得了他們；加上學校裏男、女「老」師不少，他們個個是太極拳高手，把一些需要活動肢體的課，全推給我。

朦朧間，我在考慮是否接受老馬的請託，同時思索著他的敍說是否眞實。他是在替自己辯白嗎？

從村人的口中，得知他和老楊的確是兄弟般友愛。老馬做農事的勤快、俐落，更贏得人們的讚賞。但關於春花和兩兄弟的關係，引起的風評比路邊的野花還多，並且十分引人；兩兄弟對之竟一派漠然，也因之他對我的知遇、信任，令我惶恐、不安。

我還沒有想通——想不出來，要如何去完成這神聖而高貴的使命，老楊竟先期出現在我面前了。

臨海的田洋村，向晚，澄藍的天空開始詭異的變幻著。玫瑰紅，晶燦奪目，卻又安靜溫柔；一瞬間，薔薇藍和紫色暈染如畫。我慣於在簡單的晚餐後，步上操場，享受這美好的大自然風味。

老楊在我身後，一定已經站立許久了。要不是我心中一片坦蕩，真會被他鬼魅般的身影嚇著呢。

我們就坐在象形的滑梯前，一邊仰視天空逐漸清亮的星星，一邊談話。

「珍重啊！老鄉。」我說。

「哦呵！」他乾咳著回答。

然後，我把父親告訴我的家鄉模糊的影子，描述了一遍；他歎息著，似有無盡的鄉愁。

「你還記得嗎？」我問。

「記得，有啥用？」他說：「恐怕都變了。」他幾乎是喃喃自語。

我接不上話，只好陪著他沉默。但想到老馬的託付，只好有一句沒一句的找話題。

「你要珍重，老鄉。」這句無聊的話又溜出口。他看了看我，「老師，您忙，你回去吧！」

「沒事、沒事，我喜歡這樣。嗯，反正沒事，來！抽支菸。」我把平時放在口袋裏，準備應酬的香菸拿出來替他點著，他深深吸了一口，緩緩將煙霧吐出，慘然一笑。「唉！我那個老鄉可把我管死了，連香菸都不許抽，眞沒意思。」說得像個受委屈的小學生，我這才警覺他的病，不能再抽菸、喝酒。

「馬先生是個好人，你們兄弟倆都是好人。」我說。

「你也是個好人。」香菸似乎使他的談興濃厚。

他幾乎是歇斯底里，夢囈般地訴說，使我心中駭然。

「不要激動，」我扶著他的肩膀。

他閉緊雙眼，彷徨夢境中受傷的浪者，雙眉緊蹙。

老師，我好苦、苦哇！你是想像不出來的。

我的腦子近來不好，有些事情不清楚了。從她開始起頭吧，林春花，樂園之花，一朵山上豔麗的花，哈哈！

那一年，我們以爲回家鄉的日子不遠，大家都這麼說，我們便拚命地幹、出操、演習，我們去八三么買票，買春花的票，嘿嘿。我們住在同一個碉堡裏，愛同一個女人，一齊挨砲彈破片，一齊受傷。

你看，我這胸脯上的，差兩公分，我就革兒屁啦！還有，這裏，不知被挨了幾個洞？背後，你摸，摸摸看，硬硬的，不是嗎？是破片哪！還有，腿上的，還有……。那一次，我以爲我完蛋了，結果，沒有死；那一次，你知道，多麼慘烈的；下午——我是說那一天，很平靜。不瞞你說，我和老鄉正要去八三么，已經講好了，我買頭一張，他在我後面，下次再換回來。那時候，你吸口氣，你就可以聞到戰爭硝煙氣味。本來，很多弟兄都還三貞九烈地守著，不敢去樂園，怕染上什麼病毒，無臉見江東父老；但是，戰爭就在伸手可及的地方，大家紛紛破戒了。哈哈！我們竟因爲要去解決「問題」，在半路被破片卯上，不死而得到勛章。什麼英勇可嘉，呵呵呵，這事兒，神不知、鬼不覺，我的兄弟現在都怕看到那枚勛章。你也別和他提這件事，他會不喜歡的。

我可以告訴你——請再給我一支菸——當年，我確實是個英勇可嘉的戰士。好，謝謝，這菸是好。那一天，我們半跑著向八三么，聽到砲彈劃破空氣的咻咻聲，我們立即臥倒，正要起身時，一羣砲彈準確地落在我們四周，我推倒兄弟用身子護住他。對，我是伏在他身上的；就這樣受傷，是我第無數次的傷。我——你問我爲什麼只顧保護他？他呀，被抓到部隊前，還是個銀樓的小開，膽子是比較小，我比他早被抓去參加軍隊，當然要照顧同鄉兄弟啦！對不對？

我以爲受點傷沒什麼，那知道他奶奶的小——什麼玩意兒，我竟被人家當成殘廢，不許我在軍隊中繼續混下去，我當然不甘心啊！

想當年那薛仁貴……啊，時勢造英雄，也作弄英雄。我不得不離開部隊，我的兄弟，夠意思，他把身上所有的條子給了我，娶春花，還買了這塊地落脚，總算個家啊。沒多久，兄弟也退了，幸好我先打了底，不然那兒去啊？

讓我慢慢講，我胸口有些痛。哦，你怕臭嗎？這些創口簡直他媽的該死。

不！沒關係。

那年，多久了？算一算也有十來年了，馬楊林都小學四年級了嗯，那孩子……我們發覺他在林子裏哭；臘月天哪，田洋村吹著海風，他只包了一件破皮襖；唉，哭得都快斷氣了。

不久，兄弟回來了，他以為孩子是我和春花的，他來不到兩天就要走。

我怎忍心讓兄弟走……，我追出來……看到……

他正走進棕櫚鄉……茶室……我等他一夜，直到隔天。冬天，早晨的日光，我猶記得如此清晰，日光照著他青暗、布滿鬍椿的臉，我跟在他背後，我了解他的心境；春花已然不是八三么當時的春花，伊是我太太。雖然，他曾經愛戀她。他的離去……他走到車站，卻在候車室裏枯坐了幾個小時。他始終低著頭，像一個無家的流浪漢；因我的出現，而使他悒鬱的臉激動，他的手那樣冰冷，我用脚踏車載他回家。

某日，我倏然發現老鄉在院落的曬衣竿架下流連。他張惶的神色吸引著我，我躲在芭樂樹叢裏看他的舉動。他伸手，迅速把竿架上春花的內衣拿下，塞進夾克內裏口袋。

後來，春花在一次酒後走進他的房間。啊！你以爲我是個狹心窄肚的男人嗎？對他，我的生死之交、患難兄弟……。或者，你以爲是什麼？

告訴你，我曾經憤怒得想殺死他。

不要驚訝！

我不是壓抑自己，是我的傷；這些魔靈般的碎鐵片，在我身上游移著，蝕著我的細胞，時時偷襲我的神經。由是，我的憤怒化做一聲歎息，而春花和這塊地，還是他出的錢買來的啊！我這殘廢的降兵，能說什麼？還要計較什麼？

不！我現在很平和，我兄弟也極力地壓抑自己的情慾。倒是春花極盡所能地挑逗他；他幾次想離我而去，都被我及時發現阻止。

我不恨他。

我無用了呵。

我不忍看著我的兄弟那不安、愧疚的臉色；以及春花那婊子豺狼般的眼神。

如果，我有鎗，我會對準我的心臟；嗤！迅速、準確、漂亮地完成子彈的任務。啊！苦呵！老師！苦呵！苦苦苦……咳咳……。唉！這毛病，鬼魔附身般使我不得安寧。

再給我一支菸好嗎？

什麼？連你都不讓我抽菸。唉！我的兄弟也是，他老像防著小偷似地防我；把酒、菸藏得緊緊的，並且不讓我有打酒買菸的錢。

老師，醫生說：酒比子彈有效，你願意幫助我嗎？你有，一定有，對不對？啊！你看看我的手，因爲渴望酒的潤滑太迫切，而抖動起來，老師……。

聽說老楊又被送進醫院。老馬叫人帶口信給我，要我關照馬楊林。我一發現那小子沒有上課，即時走向田洋村七號。託天之福，正遇著林春花攜著馬楊林要出門，我聞到一股濃烈的酒味，馬楊林傻楞楞地扯著她的衣角。

「老……師你有、什、什、麼、事？呃！」林春花扶著籬笆，瞇瞇笑著，一臉的酡紅，像戀愛的女人。

我看著她，忽然竟有一股說不上來的、美而綺麗的感覺。多麼溫馴、美麗的上帝傑作啊！令人窒息的女人。因身形不穩，她綹亂的衣衫，裏不住圓潤的身軀，微張的領口露出雄偉的胸脯。我想到柔麗的雪、甜而爽口的奶油冰淇淋；我走近她，扶她走進屋子，她健美的身軀，靠在我肩胛上。我的步伐迷亂，幾乎被她絆倒，馬楊林呱呱叫著。我沒想到醉酒的女人，竟這般迷人。我坐在高櫈上，交叉著脚。看她、聽她的咆哮——她拒絕我給她的水，開始咒罵她的兩個男人和馬楊林；然後，也罵其他男人。

死了好，死了好……統統死光呃！

小雜種，你，過來——把你的小耳朶擰下來。

叫叫，叫什麼叫，嘻嘻，你爸爸不也是這樣對我麼？

你滾開，小雜種，天曉得你是誰的兒子，誰？哈！

你爲什麼這樣看我，看個××的嘻嘻。

哦！你是老師啊！

你是什麼老師，你是老師啊，也是男人嘛，有什麼不同？哼哼，男人……什麼東西！

我不要喝水，我要喝酒。小雜種，去，去拿來。

你抓我的手幹什麼？要、強、姦、我？嘻嘻，你不敢，你不敢，你和那隻馬一樣，不敢，沒鳥蛋的男人，不敢……，對不起老師。小雜種，我打死你。啊喲！你又抓我的手，眞要強姦我？

不是。好，那你不要管我，他小雜種，我爲——什——麼不可以打他？什麼，別人看不起我，你不會，你是老師。好，我坐下，乖乖小雜種別哭別哭，你願意聽我說，老師，好。其實我沒有醉，醉了就要跳舞，我沒有跳舞，所以沒有醉。

都是你啦，老師，死老師，我要帶這小雜種回山上去。爲什麼嗎？那你去問老楊、老馬，那兩個老不死的、病不死的鬼；什麼時候把小雜種當成兒子，他們都以爲他不是他們的，他們都以爲他是他們的……好好好，我沒有激動，哈哈，他是誰的？床鋪也不知道啊！是楊是馬？哈哈……。

我是妓女。兩個老鬼的妓女。

老師，我不是妓女，兩個鬼都像軟弱枯萎的草梗。

你不把我當成妓女。呵！你別叫我什麼太太，你叫不出來吧！告訴你，嘻嘻，我是林春花，林——春——花，不是馬太太，馬——太——太，也不是楊太太，楊——太——太，哈哈……。

你好像有些怕我，來，坐近我，別怕，別怕啊，爲什麼男人總是想吃又不敢吃。

你不是那種人，你是老師。你話說得有氣無力，和那頭老馬一樣，他也是這麼說的。可是，他曾經、曾經強姦過我，這個小雜種，走開，小雜種，別礙事。

說起來，可笑啊，我老爸和老馬、老楊的年歲，一、樣、大，可是啊，哈，這兩個老鬼，都曾經在床上，哭著、喊我姆媽喲！

他們又疼我、又罵我、又怕我、又打我、又想要我。推來推去，我像個皮球撞來撞去，他們躲來躲去，妙不妙？老師！

嘻嘻，這兩個老鬼，曾經在那個海水漫泡著的礁島上，爭著要我，並且和其他男人打架，比金子的重量。在子彈、砲彈呼嘯的日子裏，還不忘到我床上報到，難兄難弟眞是的，他們輪流，在我的懷抱裏，喘息，像跑不動的馬，像老野山羊，嘶著、舐著我。

然後，死去——就是死去的樣子，軟溜溜的，瞪著眼睛，對我歎息，並且發誓，發同樣的誓，要娶我……

那年我才十六，事實上是十三歲，沒有人知道我十三歲就幹著二十，甚至是三十歲的事，他們都以為我二十了呢。

那個遊戲，比種山墾地要輕鬆太多了。也因為很多男人要娶我——至少他們發著這樣的誓，更令我沉迷。所以我——嘿嘿！你看我這腦袋瓜子，還挺聰明的，想出了絕招，比金子。一些男人吝嗇得身上出鹽，只有老馬、老楊和另外幾個傢伙，比吧！比。

告訴我，那時候，老楊這個鬼，身上滿是窟窿，膿臭一身，居然拿出最多的金子。閃閃的金子，把我的眼睛迷亂了，我張不開眼睛，便跟他走，離開那個礁石的海島，來到這裏。

當然，我也會把金子都換成錢，一部分寄回山上我娘家，給我可憐的老爸、媽買酒吃。你想，我這腦袋瓜子管用吧！嘻嘻。

我那裏有想到老山羊那麼壞，套句他的話，他奶奶的頭頂生瘡、脚底流膿。他把我藏在這比山上好不到那裏的鬼地方，還要我下田咧，除了下田還要幫他洗澡，多壞！你瞧瞧，這隻老山羊。

是這樣啦，他身上背後長了一個癬或一塊疤吧。他說癢，抓不到，所以拚命要我洗。

至於上床，他和死人有什麼分別，不是我笑他，嘻嘻，對不起，老師，我講到那裏去了……

後來，老馬來了，我討厭討厭討厭他，他爲什麼要偷我的內衣呢？嘻嘻，後來，在一次酒後，我叫他到竹林草堆，他哭得慘慘兮兮的。後來，我們經常偷偷在一起，玩那個遊戲。每次，他張惶的神色，像個偷糖的小雜種，才伸手，就把糖罐子打翻，一場糊塗，呵呵呵呵！

你說什麼？

你說他們愛我，什麼叫愛？

他們爲什麼怕我？像躲避什麼病毒似的，不願單獨和我在一起。

我是什麼東西啊？老師，你說我是東西嗎？老楊說要把我送給老馬，他曾經逃離我，後來老馬在鎮上的警局把他領回來，老馬說要把我還給老楊，這……嗚嗚……你說，我是……什……麼……東……西……南……北……啊……

謝謝你的手帕。哦，他們說過，像一個嚴厲的魔鬼班長，規定他的士兵，不能接受任何男人的物件。否則，他們會撕爛它。你是老師，你是壞人嗎？不是！所以，你這條手帕，讓我留下來，做爲一項證據，哈！別怕別怕，他們，我、看、穿、了、啦！嚇、唬、我、的、啦！

他們——你說他們可憐？

哼哼！你以爲我虐待他們？

啊，請你看看我烏青的手臂，我的背上的鞭疤，我的大腿上的瘀血，我——你敢不敢看？你不要退後，爲了證明我的淸白，你看——我胸脯上的牙印，他、們、幾、乎、咬、掉、我的奶頭，你看啊，你看啊……

什麼？你還一直以爲我喝醉了。傻孩子，你和這個呆笨的小雜種一樣，弄不淸楚誰是他的父親，小雜種，我叫你，你不要光傻傻的流口水。誰？誰人是你的爸！爸？羊？馬？牛？豬？猴？虎？獅？老鼠？

你——還——想——看——我的——傷——痕？別害羞，可憐的孩子，你看吧！盡情地看；或者，伸出你的手，摸看看，你也可以抱住我，趴在我身上，在我懷裏，喘息，喊我一聲姆媽？

你怕了……。

別走啊，別走啊，老師……。

沒有人知道你來過，老師……別走。

小雜種，我打死你……別走——老師！你這礙事的——老師…………小雜種………

……沒用的東西……。

我從可怕的夢魘中醒來，腦子裏還清晰的印著林春花赤胸朝我追出的影子。不！那不是事實，那一定是一場夢。

我又看到一個寂寞、酒醉的女人，朝我招手，握著我冰冷的手，觸摸她灼熱的胴體，是林春花，她的眼睛比火還熱，比電還炙人。我不敢看她，她裸露雙肩、她美麗曲線的背脊、她壯偉的胸脯，逼近我……

我閉緊雙目，趺坐如僧，絳紅的幻雲卻一再地在眼膜內飄忽，我胸前被汗漬溼了。連續幾天，我恍惚得無法自持，也打消了去醫院探視老楊的念頭。

可怕的事件，像夢，突然在冥冥暗夜裏，轟然如海嘯般喧騰。整個田洋村，籠罩在彩麗的火光中。竹林裏嗶剝嗶剝的聲響，此起彼落，天空猛然燦亮。視覺的緣故，原本青綠的一片桂竹，像火朵的花蕊，把圍觀的村人們看呆了。

有人說：是她！

那個查某，鷹般地攜著她的兒子，自火中奔出，消失在村前的路。

我無法相信這是事實。

久旱的大地，以及乾澀的風，使大火魔幻般地舞動巨大的旗幡，揮向鄰近的樹和田間的工寮。好在附近沒有住家，否則將是一場巨大的災禍，消防車加上溝渠的水稍稍制伏了火神的獰笑，有人提議用棍棒打火。立時，竹林邊緣的竹子被砍削下來，人手一支，打向不甘縮息的火舌，打得一片火星亂竄。

我回到宿舍，整夜不能成眠，惡夢圍困著我；林春花溼潤酡紅的臉，圓滑的裸體，在面前轉動著，像火燒灼著我。

我一直以爲是夢，也但願是夢。隔天一早，我來到竹林，聞到焦燥的氣息，一些零落的火星猶在風裏閃爍，兩兄弟的住屋燒得只剩下傾頹樑柱。

我默默走離。

此後，我沉迷於禪與道的修習裏。夢，遠了。我依然是個快樂的老師。

黃昏，散步依然是我的樂趣。我照例來到操場，向那片萎死的竹林望了一眼，我走向反方向的大痲黃林子裏。我喜歡聽樹梢上，在針葉叢中發出風的囈語，那使我得到一種悟道般的快樂。

遠遠的，我看到兩條被斜陽染映在一起的影子，在林緣踽踽行著，自私的我立即感到三分不悅，像受到侵犯的國王，不能抑止心中的憤懣；同時悔恨月來的修息養練，輕易地被破解了。

那不是老馬、老楊嗎？

田洋村向晚的海邊，吹著他們鹽般的髮。老馬揹著老楊，一步一步地在木痲黃林間，愉快而艱難地走著。

他們發現了我。「老師！」老楊下來，扶著樹幹。

我趨前向老楊道喜，老馬微佝的背，令人感覺他矮了些，他臉上一顆顆豆大的汗珠，在泛著橘紅的夕照中閃爍著。「好嗎？」我問：「什麼時候回來的？」

「回來一段時日了，老師。」老馬揮揮手拭著汗。

「我可忙著起新房子咧！」老楊說。

「新房子？」

「是啊！就我們兄弟倆住。」

「我的兄弟把房子蓋得像座碉堡，哈哈！」

然後，老馬曲身，讓老楊趴在背上，喝了一聲——嗨咻！穩住身子向竹林走去，他說，我兄弟服藥的時間到了。

我站在原地，看那兩條相疊的影子，艱難的越過操場。

——原載一九八四年三月三十日～四月一日《台灣時報》副刊

入選一九八四年台灣小說選

早晨的公園

早晨，公園裏的人羣，在漸漸明亮的曙色裏，有的隨著音樂跳土風舞，有的在樹下舞劍，有的在草坪上練瑜珈。明立裝作撿拾紙屑，彎腰，把頭貼到大腿，就從叉開的膝蓋縫看著那人。是啊！就是伊，林士圭，令人難忘的傢伙，曾經像揮趕蒼蠅似地叫他走：「江明立，回去——」一邊發著球，「李眞，嘿！」喀噠喀噠喀噠，白色的乒乓球在桌面上跳來跳去，「叫你走，小鬼，滾滾滾滾，唉！好球！」，「幹嘛對他那麼兇，人家好可憐唷！」李眞老師說，「哇，漂亮。」一記殺球，李眞老師彎腰撿球，明立看到她鬆開的領口裏顫動的胸脯。「Sorry。」林士圭放下球拍，也鑽到桌底下。他們打完球，他還站在辦公室外，手裏拿著寫完的作業。家庭訪問時，李眞老師在阿媽面前說，「免費，補習不用錢，我還要特別教他，他很聰明，很用功。」每個星期六下午，明立都留在教室寫作業，而李眞老師和林士圭老師在辦公室一角打乒乓。「回家去吧，江明立。」她朝他微笑。

「眞討厭，這小鬼。」林士圭老師瞪了他一眼。

就是他啊，林士圭，眞沒想到呢，才幾年而已，頭禿得剝亮剝亮，尤其映著曦光。此刻，林士圭面對著一吋一吋向上爬昇的日頭，張著嘴巴，要呑下紅柿什麼似地，發出啊——啊的聲音，那樣貪心地把圓滾滾的肚皮鼓脹起來，然後，閉嘴，鼻孔長吟，像一條餓壞了的蛇，不！像土蛙，一隻田溝裏的蟾蜍，兩眼微閉，突地又暴出眼珠，張嘴，鼓肚，啊——啊地叫著。眞像啊，一隻饑餓的蟾蜍，明立輕笑著：由於頭部倒垂的緣故，他感覺面孔、眼睛漲得滿滿地。土蛙、蟾蜍，他在畢業前送給林士圭的綽號，叫著叫著，全班在伊背後這麼喊他，並且憤慨著李眞嫁給他，又有人叫他牛屎，李眞老師是一朵美麗的花蕊啊！李眞老師，明立想到伊，心底有一種模糊的溫暖和悵惘。她眞是一位善良、甜美的女性呵，明立四年級時便被伊教，直到畢業，沒有收過他一毛錢的補習費，還經常送他文具、參考書，他所能做的，便只有每日早到學校，到辦公室她座位上，用力地拭擦桌子、椅子的每一個角隅，並且在班上扮演著老師的心腹的角色。在她和林士圭老師秘密交往期間，他是兩人的信差，直到有一次，他看到辦公室毛玻璃相擁的影子，那天下午（明立記得十分淸楚），李眞穿著一套水紅的運動衫褲，林士圭的則是草綠的，他從校工房裏偷了一壺水，準備給伊們解渴。遠遠的，毛玻璃窗戶的影子像水彩般凸現著。他著急透了，操場上尙有打籃球的同學，萬一他們看到了……他拾起一粒很小很小的石頭，丟過去。裏面的水紅才驚怵地推開草綠。他把開水倒掉，躲到防空洞後面，難過了半天，天快黑的時候，他就地小便，到一半時，林士圭和李貞老師竟悄悄地走過來，三個人都嚇了一跳，李貞老師連忙移開林士圭老師摟在肩胛上的手，他自己不知所措，被林士圭一巴掌甩過來，才慌慌張張把那個塞進褲襠裏。

想著這些往事，明立的眼眶竟水濛濛的。站立在涼亭面前的林士圭，還在重複著吐、納；他還會記得那個瘦小、惹人嫌的江明立嗎？明立抬頭、直腰。李貞老師呢？記得她曾經叫他到宿舍，送給他伍拾塊錢，「這是老師給你的生日禮物。」她笑得十分十分地甜，「別告訴別人。」他問：「也包括林老師？」李貞老師還是盈盈地笑，「你怕他？」他點頭，在林士圭老師面前，他永遠是個結巴的可憐蟲，像個老犯錯的小笨蛋。有一次，他弄翻了李貞老師的墨汁，林士圭跑過來，一手幫忙拭著，一手指搓著他的額前，叱了聲，「沒用的東西！」。沒用的東西——秋桂也這麼罵他，王班頭也這麼說他，連掃帚也不會拿，敢當清潔隊員？同鄉的廖仔這麼說。都活了快三七二十一了，還搞不清葱仔、蒜仔；剛上工那幾天，同夥的在那叢巨大的九重葛裏頭，挾起一只淡白色薄薄的塑膠膜，哇啦哇啦興奮地笑著，明立問：「是氣球膜？」還問了兩遍。惹得一夥人痴笑得快要流淚，班頭把畚箕翻轉過來，赫然是一團縐亂的衛生紙，還有一羣轟然地蚊子直昇機般旋飛上來。

他已經注意他幾天了，林士圭老師，土蛙、蟾蜍總是唯我獨尊地吸著、吐著什麼，從不曾看他一眼；倘若，林士圭認出來穿著清潔隊員工作服的他，會不會還指著他，「沒用的東西！」或者，跑回去告訴李眞老師，當做一則笑話。明立曾經把國中畢業第一名的獎狀照片，寄給李眞老師。她回信，三言兩語讚勉一番，信末附記「林老師也很關心你」，並且還附寄了一張「捷進先修班」的廣告單，上面印著「班主任：林士圭；副主任：李眞」還有「名師指點，龍門捷徑，造福學子……」等等之類的字句，明立小心保存著，和紀念冊上那一頁李眞老師的題字「乘風破浪，勇敢前進」放在一起，無論走到那裏，都經常拿出溫習一番。

他揀起橫在紅磚道上的掃帚，開始清掃；公園裏有不少的菓皮、空啤酒罐、汽水瓶。班頭就說，這個公園像卡餿查某、無知無覺的任人蹧蹋。一個女郎快樂地哼歌過來，輕快的手勢，丟下一個還殘留著漢堡香味的紙袋。明立順手攏來，那女郎回頭，朝他微笑，高貴、嫵媚而又充滿歉意，搖著豐實的臀波走遠，和秋桂一般的身材。明立捏緊手指，想著秋桂，她會那裏去呢？

那天，他親眼看到秋桂和一個健碩的男子拘臂過街，伊臉上煥發著未曾有過的歡喜，他在街廊一角，伊好似瞟了他一眼。晚上，很晚很晚或者凌晨時際，秋桂才回來。「那個查埔是誰？」他問。「新戶頭。」伊輕笑，踢掉高跟鞋，像一個風塵女子，還朝他噴口煙。

伊在浴室裏快樂地唱著歌，他握緊拳頭等在外面，開門，一巴掌揮過去；卻被秋桂反拿住，往嘴裏一送，卡滋！幾乎咬掉一節指頭，痛得他哇哇叫，伊猛出手推他的肩，他向後跌下去。「沒用的東西，江明立。」伊兀自鎖入臥房，熄燈睡覺。

「阿立——」那頭有人喊他。

明立蹬蹬過去，廖仔一夥拿著鐵鋏子使命在地上戳著，班頭唱作俱佳地唸著——作孽啊夭壽郎啊！歌仔戲唱腔，夾著亂七八糟叮叮哩哩的聲音。是一件染著血跡的小褲子。廖仔嘴裏伴奏著胡琴、鑼鈸聲。他慌忙轉身，血的暈眩令他難受。秋桂；明立又想著她，以及血，殷殷紅豔的血水，嘩嘩流淌下來，跌落在不銹鋼皿器裏，秋桂躺在手術台上，死灰著臉，他抓緊伊的手，醫生在她下腹處忙亂地用刀鋏、血鉗戳弄著，刺辣的聲音沙沙沙響著。護士說這是月經規則術新款手術機，放心啦，呂先生。醫生伸手拍他肩，做了個OK的手勢，他甚至是懼怖地瞪視著手術過程，秋桂軟癱著，好像死去的被剝光毛的羊（那一刻，他忽然間憶起幼時在家鄉看人家偷宰羊的情景）。秋桂不醒，他流淚了。醫生說，她的痛感神經敏銳，打了較重的麻醉藥，沒事的。他原本是在外面等著，看她勇敢地走進診療室，還對他安慰道；小立，不會有事的。她一向敢作敢爲，小學時，騎在男生肩上玩騎馬打仗，屢戰屢勝的女魔王，男生怕伊揪頭髮、揑人的功夫，都敬伊三分，國中沒有畢業就隨著兄嫂到台北闖天下，伊拿出跆拳初段證書唬得初相逢的明立一楞一楞的，「別怕，江明立！」伊帶他到橋下的道館，跟人家踢踢打打，明立看著道服的伊，看著伊寬鬆領口裏堅實的胸脯，看著伊和男生揪在一起嘿喝地喊叫。然後，也要他加入道館，害他的左脚骨到現在還腫痛著。他像浮在惡夢裏，思索著那血水淋漓的一切，彷彿還聞到濁濁的藥水味道。那一天，他悲傷地看著昏厥的秋桂，伊被送進休息室，他猶嚶嚶泣著，一方面怕秋桂眞的死去，一方面怕他塡寫在病歷表，手術志願（同意）書上，僞冒的姓名被識穿。事後，他照實告訴秋桂，伊冷冷白他一眼，「怕什麼？」伊是什麼都不怕的。「搬來和我住。」秋桂在與他相逢一個禮拜，就這麼說。他乖乖地拎著小皮箱向她報到，她把他所有衣服丟掉，替他買新的，包括內衣、褲，像個妻子溫柔，霸道得令明立無法拒絕。「他媽的，我要人家見說我古秋桂有個大學畢業的先生。」她說，「你給我好好讀書、補習，隨便考一間，一定要唸畢業。」她陪他買一大堆參考書、上補習班，聯考快到了，她甚至請假，甚至辭掉電子加工廠的工作，專心照顧他，爲了節省房租，她退掉一個房間，和他擠在一起睡覺、生活。在此之前，她和他之間什麼也沒有過，一如純情派電影裏的情節。她買很多補品，煮可口的菜，要他塞到胃裏，他拼命吃，照著她規定的時間表作休息，除了讀書，他也充分地認識她的一切一切，包括她身上每一顆痣的位置，事情便這麼發生了。放榜時，沒有他江明立的名字，他哭了一個晚上，在秋桂的懷抱裏。有時，明立覺得自己是主宰，有時又不是，有些弟弟、兒子，還有些狗之類動物的感覺:,她兇的時候,常駭得他魂飛魄散。「媽的,江明立,我跳下去!」她指著地面上火柴盒般流動的車子,「你說我敢不敢?我死了,哼!你也活不了。」她用力地在盒子裏搓著抹布,水濺得滿地。她面前落地長窗水淋淋地,裏面的人影彷彿要消融掉落,他心驚,過去拉她,她一脚把水桶踢翻,侵哐!侵哐!侵哐!鋁桶順著樓梯台階跌翻下去。「我賤,是吧?我賤是吧?他媽的,心甘情願自動自發跟你上床,我賤是——吧!」她的聲音在大廈長廊裏迴盪。「小聲點,秋桂。」他握住她手腕,她輕易掙開,「下輩子再碰我。」明立撿起樓梯階上的抹布、刷子,眼梢瞄她,不敢正視,嘴裏咕噥,「好吧好吧,我是怕——」秋桂一叉腰,「去你媽的怕,怕我擋住你的路,怕你上不了大學,當不了博士哼!怕!還怕!——這孩子不是你的種,哼!」他想不透秋桂怎會知道他心底的問號:,道館裏的人告訴他,伊和許多人有過:,清潔隊的廖仔也說伊不簡單(經驗豐富),他是懷疑她還和其他男人繼續交往。無數個夜晚,他等她直到凌晨,他驀然發覺秋桂豐美的身軀有著萎弱的跡象:,然後,她說,「我有了。」接著是歇斯底里的吵鬧。「我們結婚吧。」他誠懇的說。「不必!」她斬釘截鐵回答,「你還是考你的大學,你不必幹什麼清潔隊員,也不必和我當洗擦工人!」落榜後,他們花光所有的錢,他去找同鄉幫忙,頂了個清潔隊的缺,她鬼精靈當起大廈的清潔工人。

現在,秋桂到那裏去了呢?明立想著。面前染血的小褲子彷彿無限擴大、擴大。那天，晚間新聞時候，他終於陪秋桂走進診所。他聽到秋桂的喊叫，衝進去。在休息室裏，他揉搓著伊的手，想給伊一些溫熱，他看到潑辣兇惡的伊，竟然如一朵萎凋的花，無力、夢囈、服從別人，他用手指在伊散張的瞳孔前揮動，伊毫無知覺，白痴般木然張著眼睛，麻醉消褪後，伊喃喃呻吟，依著他，明立忽然有著戀愛的心情了，他忽然得到壯大、膨脹的男性尊嚴，像中了大獎，發橫財成爲暴發戶的傢伙。在伊休養期間，快樂地盡著丈夫的責任，洗滌伊換下的沾著血穢的衣衫，歐巴桑般地侍候伊吃、睡，替代伊跑到簽了約的每間大廈洗擦刷弄。伊聰明，各大廈的清潔費早就預支給伊，明立一毛錢拿不到，以致不得不連手錶都送進當舖。伊哭著說：「阿立，眞失禮。」兩個人抱在一起，一齊落淚，明立從未有過那麼滿足。有一天下午，他從外面回來，替伊帶了一包中藥四物，伊不在床上、廁所。伊返來時，他質問：「去那裏？」，「找『客』兄，老姘頭。」秋桂火氣很大。他不講話。半夜，他被搖醒，「你你你再說一遍，你不稀罕我這隻破鞋，說，再說一遍啊！」秋桂一臉亂髮，「我早就，早就聽你說過幾遍了，江明立，你連作夢都在咬牙切齒地罵我。」明立有說夢話的毛病，這也成了秋桂吵鬧的理由。「妳要怎麼樣，混賬！」他掀開毛毯下床，冷不防伊一脚過來，正中腮邊。「我——後悔讓妳吃得太好，媽的。」明立恨恨地說。爾後，伊公然和人在附近出現。「你要讀書，考大學，去你的。」秋桂說。明立一向隨身攜帶著書冊、字典之類的，剛開始的時候，她總是撫著他的耳垂，憐愛的說，「『空空』的阿立，把書頁吃到肚子裏吧。」人是不能沒有志氣的，李眞老師這麼回他的信。他唸完國中，李眞老師鼓勵他繼續讀高中，還寄來五百塊錢，他考上一家建教合作的高中，辛苦的唸畢業，興沖沖報名參加聯考。他想，考上大學再向李眞老師報告，結果沒有考上，跑到台北，律定一個白天工作，晚上讀書的計劃，結果工作沒著落，意外遇見同學古秋桂，結果第二年又沒考上。

江明立把掃好的垃圾集合起來，等著垃圾車來收攏，他小心不讓林士圭看見他，事實上，林士圭專心的幹他的收腹、挺胸，連瞟都沒瞟一眼。

到清潔隊報到的第一天，秋桂陪著他，領了工作服。

「別以爲怎麼樣，明立。」她溫柔勸慰他，「靠勞力賺錢，打拚，有什麼羞的？」她舉出當今大企業家的名字，似乎十分熟悉他們的身世，明立靦腆著覺得自己眞不如小學畢業的秋桂。

如果，李眞老師看到他穿著清潔隊員工作服，伊會怎麼想呢？「這孩子有出息。」伊對阿媽說。阿媽流著淚指著廳堂中央供著的牌位，「勿像伊老爸、老姆去討海就好咧！」李眞老師也哭了。李眞老師看到他會怎麼想，怎麼說呢？「還早咧江明立！」秋桂幾乎要捏下他的耳朵，「幹你娘，在你祖媽面前玩這把戲。」一口台灣國語，煞是潑辣。那天早晨，他領了第一個薪水袋，臨時決定不去圖書館，他要拿回家去交給秋桂，像個丈夫一般；他愉快地想著電影裏的情節，騎著三百塊錢買來的舊脚踏車，吹著口哨，並且在路上買了一串黃黯黯、帶著芝麻黑點的香蕉，秋桂喜歡，甚至可以當飯吃。門關得嚴嚴的，她一定還在睡懶覺，大廈的清洗泰半在下午。每天中午，明立從圖書館回來，她往往還賴在床上，像電影裏慵懶、嫵媚的情婦，有時還挑逗他，害他空著肚子，下午還陪她去洗洗擦擦。秋桂還在睡吧！江明立微笑並且羅曼蒂克起來，她就說他像塊木頭，不懂什麼情調。他繞到屋後，準備撬開窗子爬進去，扮演偷情的男子，讓她快樂。他的手脚還算俐落，沒有弄出什麼聲響，他清楚的看到床上裸裎的伊，還有一個壯碩的男子背影，他聽到她極爲快樂的輕笑。他滑落地面，跑到巷口西藥房買了一罐殺鼠藥，一瓶酒，痛快地去吃喝一頓，然後，他憂鬱、壯烈地想幹下驚天動地的「大事」，當他看殺鼠藥罐上那隻猥瑣的老鼠，不禁暗暗恨起自己，罵自己混蛋。他又到雜貨舖買了一小包細砂糖回家。秋桂倒像無事似地，「要死，跑去喝酒。」她輕摑了他的臉。他趁勢抓住她領口，用力撕下來，她奮力掙脫踢打著他，他把她推到床上，「古秋桂，這張床是我買的。」他揪住她頭髮。然後，他當著她的面，打開殺鼠藥，倒到茶杯裏，「死，陪我死！」他一定是漲紅著臉，秋桂嚇軟了，撲的跪倒地上，「阿立，阿立！」伊哭叫著，「我下次不敢了，不敢了，阿立，」「我已經注意很久了，古秋桂，別一直把我當王八。」他恨恨的摔破茶杯。明立沒想到秋桂精得像妖魔，竟然把剩下的殺鼠藥拿去藥房對照，並且保留地板上招滿螞蟻的糖水漬，一脚踢中明立憂鬱並且還餘恨未消的臉容。「還眞被你給套出來了，王八蛋江明立，怎麼樣，要死嗎？我再去買一瓶老鼠藥，幹你娘！」他任由她斥罵。清潔隊上上下下都知道他和秋桂的事。卡餿查某，有人背後罵伊。秋桂走了，只留下一句話，「你這個卡餿的，沒用的查埔郎。」他不知道她會走，但她讓他知道幾棟大廈的清潔合約書保證人那一欄塡著「江明立」三字，和他的身份證字號，蓋著他的隸體印章，而她拿走所有預付的清潔費。「媽的，你能賺錢養我，笑話！」秋桂怒斥他那套男主外女主內的說法，使得他覺得自己像得了縮骨症，難過透頂。她又像撫慰孩子的媽媽，抱著他又親又呵的。那年，李眞老師紅著眼睛，牽著他的手走到植物園——李眞老師一手策劃，由他和班上小朋友一齊培栽各類植物的圃畦。「江明立，老師要走了，明天就不來學校了。」他楞住了，眼淚嘩嘩流下來，老師也掉淚了，她蹲下來，摟著他，「乖！別哭。」她用力地吸著鼻子，「乖哦，別哭。」她用手絹拭他的臉，他聞嗅著她身上的香味，靠近她，用力地吸著鼻子，「乖哦，用功啦，不要讓老師失望。」她在他口袋裏塞了一百塊錢。這已經是十幾年前的事情了，卻仍淸晰地印在腦海裏。多想再見李眞老師啊！

多想再見李眞老師啊！

他一直注意林士圭老師，他總是在滿足的發著啊啊啊——的聲音後，邊擦汗、邊走離公園，就是沒有看見過李眞老師，他忽然想扮演一個跟蹤者的角色，這是唯一可以見到李眞老師的方法。他興奮地將垃圾弄上車去，叮叮咚咚，叮叮咚咚，隊友們紛紛搭上車，他是唯一的例外，全隊都知道他立志考大學，頗體諒他的。

他脫下工作服，林士圭還在那邊啊啊地叫著。李眞老師如果看見他，會說什麼呢？會問他唸那一所大學，那一系？他要怎麼回答呢？他掏出兵役通知單，重新看過一遍。「老師，我想服完兵役再考。」他要鼓起勇氣這麼回答。「好！再接再厲！」李老師會微笑著鼓勵他。「有女朋友嗎？」或者，李老師會這麼問他。

江明立用力按著手指，骨節間發出叭啦叭啦的聲響；老師變胖了嗎？不會和面前的林士圭一樣吧。他拿著書、字典，故意在涼亭外走了二遍，都沒能引起林士圭的注意，眞是一隻昏花了眼的蟾蜍，居然沒看到他。他不應該忘記他的，他曾是他和李眞老師間的秘密信差啊！他看過他們在親嘴，他一直替他們保守秘密，只要有人在談他們，他就不惜要和人家打架的，他應該——應該還記得他的。

江明立耐心的坐在紫藤邊的石櫈上，等待林士圭。

如果老師問他有沒有女朋友，他要怎麼回答？要說剛剛被古秋桂遺棄嗎？當然不可以，但李老師也教過古秋桂的。如果回答說，沒有，那林士圭一定會笑出來，像他這樣快要當兵的青年，沒有女朋友是會讓人看不起的。但是，秋桂和他的關係，幾乎所有的鄉親朋友都知道了。他找遍了台北凡是認識秋桂的人，他們總是呶著嘴，說不知道她跑到那裏去了。輾轉收到鄉公所寄來的兵役通知單，他以爲這或許是他和她之間的轉機，他結束歷時五天的出走，手裏抓著紅單子，回到屋子，門沒有鎖，他確定屋子裏沒有人才進去，秋桂收拾得倒乾淨，她走了。這不是他所意料的結局，他想得極完美；秋桂日夜盼他回來，並且向他懺悔，在得悉他將從軍時，悲泣不止……。

林士圭終於完成最後的發聲，肚子裏似乎充塞著燦麗的日光，整個人被汗光映亮了。江明立站起來，從他身邊走過，他倒是抬頭挺胸，目不斜視。明立當然還記得小學五年級上學期替李貞老師傳信的種種，她把信折得像一隻飛鳥，要他交給林士圭，他趁下課時，跑出教室，對著迎面來的林士圭撞過去，「老師對不起。」他把信塞進他的褲袋裏，或者夾在被撞落的書本裏，林士圭咧了咧嘴，呼呼笑，「嘿！小鬼。」舉起手，用食指關節敲在他青光的頭殼上，「不可以告訴別人啊！」他說。

明立若無其事地跟在林士圭後面。

公園邊有一家豆漿店，林士圭進去。明立在門口猶豫，終於決定在外面等，他站在安全島上，裝作在欣賞公園草坪上的瑜珈表演，卻不時窺視豆漿店，林士圭坐在中央的桌子，對面網球裝的女子正是李貞老師啊，旁邊坐著一個小傢伙。

啊！李貞老師。江明立按住胸口，不知爲什麼興奮莫名。她還是美麗的李貞老師啊！是胖了些，挽髻的臉容是多麼高貴，她笑著和丈夫、兒子談論什麼，十分愉快的樣子，輕輕揮動的手勢，顯得優美極了。明立再次看清楚她的臉孔，那張曾經和他貼近、帶著香粉的臉。

他思索著該如何去面對李眞老師，啊！老師。江明立在心底狂呼著。她一點都沒有變，只是臉上多了副金邊的細框眼鏡，她站起來，打開皮包付帳，林士圭低頭逗弄他的兒子，啊！她走出來了。

江明立慌張從安全島上跨下來，把書、字典拊在胸口，李眞老師迎面過來，她依然是那麼輕盈的步伐，手臂微微的擺動，泛映著汗光，她白了些，看起來竟比以往美麗呵！江明立深呼口氣，「老師」他沒有叫出聲，李眞老師從他旁邊走過去，向公園邊的停車場。「老師——」我是江明立呵！「老師！」他感覺自己失音，背後，拿著網球拍的林士圭邊喝斥著小孩邊笑著，李眞老師回頭，啊！她看到他了，她微笑，眼裏盡是溫柔。「老師——」江明立狂喊，沒有出聲，他猛見一團疾馳的車影飛輾向李眞老師。

他撲向李眞老師。

林士圭撲向他。

剎車聲和尖叫聲在街心漫了開來。

從公園各角落湧出的人羣，圍住受驚嚇的高貴婦女和小孩，爭相安慰她們，並且讚賞男子的英勇；那被擊倒的青年，在地上痛苦的抽搐著，有人低聲談論著他的未來。

江明立覺得痛、昏眩、被一股強大的黑流漩渦籠住，深深跌落、旋轉、昇起、掉落。隱約裏，只模糊聽到「搶劫未遂」四字，眼際一片猩紅，那是裸裎的秋桂，他用力喊出

——老師——

——原載一九八四年七月二十三日《民衆日報》副刊。

大師的夢魘

第一幕

下午的陽光黃豔豔，灑在釉藍琉璃瓦上，透過著一層薄薄水氣似地，那鈎翹向上的簷角，有種飛旋揚昇的意味。

很多人的眼神，泛著溼熱的淚意。廣場上，人們步履蹣跚，悲傷的氛氳緩緩地瀰漫開來，連那半降的旗，也無力地垂掛風裏，沒有飄揚的意思。

堂內的人羣坐定，有人低聲寒暄，有人低頭默思，有人瞻仰著黃色布幔中央的黑框相片。一些歎息，幾聲唏噓、哽咽、低泣，輕輕發出，一種飽滿而將近溢出的哀慟，使得靈前的白燭因火蕊的暢旺，而流淌出串串的蠟淚，那一籃籃素菊，則顯得萎弱蒼白，予人十分的凋零之感。

司儀以低沉磁性的嗓音，請大家就位。

門口，一部黑色的大型轎車，雍容地滑入亭廊，立即引起堂內人羣的微喧。

唸祭文的是協會的値年理事王清公，他的音調抑揚轉折，帶著一種亢悲的顫聲，將緒大師一生的事功，以及爲文學犧牲、奮鬥，終使本地作家的作品，首度晉入諾貝爾文學獎決選（呼聲甚高，雖然未能獲獎），並引起國際文壇側目，英、法、日、德、西文版的「長江潮」相繼問世，紐約書市、倫敦出版商、巴黎、東京的評論家，都對他的作品一致肯定，這種種光榮記錄，是華夏之光，是現代中國人的榮譽，「李表哥」不再是一個只會功夫的戽斗，漫畫家學會正爲中國人重新造型，以及大師與全世界政治家、科學家、名人，同列百科全書、名人錄等等事蹟，一一宣表。

隨著主祭官江主任彎駝的背，人們恭敬地向遺像行三鞠躬禮。

接著是覆旗。

中央爲表對大師的尊崇，特令全國降半旗一天，並頒旗覆靈，眞是備極哀榮。治喪委員諸公分執旗角，也許是太過激動，黃委員、蔡社長的手不住顫抖，那旗幾乎垂落，所幸司儀機伶，一個箭步向前，替兩位文壇耆宿拾起旗角。

有人在座位上低語：「別嫉妒嘛！」

隨哀樂韻律，諸公將旗緩緩覆上黑亮的靈櫬，映著鮮麗的旗色，令人肅然。

覆旗儀式後，各單位開始公祭。

全國各文教單位、國外文藝團體、國際筆會都參加公祭，靈堂內的輓聯、輓額、輓綢、鮮花擺得滿滿的，加上入口處的大師手跡，著作展示櫃，參觀的人潮不斷，以致喪禮的節奏緩慢下來。

委員會的幹事們，正在商議應變措施。

所幸，大師的遺囑是要將遺體火化，再將骨灰分別灑到太平洋、印度洋、大西洋、巴士海峽、台灣海峽、長江、泰晤士河、萊茵河等地，沒有風水、地理、時辰等問題，委員會決定將典禮延後二小時。

鎂光燈和攝影機在場內、外游移著。

各公會、協會、社團幾乎都到齊了，國內文壇老、中、青、少的俊彥，少有缺席，連那住院已二年，神智一度昏迷的詩人施公也到了，他老淚縱橫，激動欲絕，在靈前痛哭，追述五十年來和褚大師的交情，共患難、同出名，並爲二十年前譏諷大師進軍國際文壇爲夢妄幻想而懺悔，在場人士無不動容。施公終被護士、醫師、好友勸退，卻仍頻頻回首，不忍離去。

沒想到一向以鐵筆自豪的陸公也到了，他先執香膜拜，接著竟然跪倒靈前，聳動的肩膀和忍不住的哽咽，續續斷斷地道出與大師的因緣，他曾鐵面無私地（自以爲是的）

將大師的作品原璧歸還。沒想到，那篇小說在別家報紙刊出，並入選年度選（五種不同的版本，不約而同的選錄），因之，引起美、德、英評家的注意，將之譯成多種文字，連北京大學以及對岸一些名家也紛表推崇。這份成就堪稱「兩岸第一人」。爲此，陸公引爲終生憾事，再也不敢隨意退稿，卻變成文壇皆知的壓稿主編，如果不是明星（暢銷）作家、要人、名人、海外學人，或是得了什麼獎、逝世、意外等，稿子是不可能在陽光下出現的（通常，他會客氣地向作家致歉，並告以已經發排）。

接著，出版商陶旦，人稱陶混蛋的，迤迤然進入靈堂，一逕舉手、點頭，嚴肅而愉快地向人們打招呼。他身後跟著他的編輯群。

陶旦點香，嘴裏唸唸有語，他似乎深深悔悟了。文壇皆知此人爲「文丑」、「文氓」，曾在某報跑過經濟新聞，卻敗在股市（他在報上大肆渲染某某家電，氣勢如虹，並預測將大發利市，沒想到詭異的市場和早就想撈一票遠走高飛的家電老闆，在拋售99%股票後，飛美當寓公去了）。其後，他的出版社以哀兵的姿態成立了。

陶旦似乎落淚了。他一手拊胸（摸良心的樣子）。他在悔慚自己的短視近利，他出版的書，很少付稿費（只滿足那些甫出道的年輕作家和只會寫口號文章、懷舊、連標點符號都不會用的作家們的「出書的願望」），他利用學生、老師推銷書。至於，盜印則是他起家的根本，明明五千本，只承認五百本，有識之士紛紛效法。有的作家爲求出書，非但稿費分文未取，還在他熱情感召下，慨然付出廣告費，他說這是爲復興中華文化而奉獻一己之力。

他向大師的遺像深深鞠躬，並掏出手帕，擦拭眼角（是汗是淚？）。

大師曾爲了早期作品被他更換封面，一印再印，卻未知會一聲，而十分懊惱地跑到出版社吵架。最後，還委託律師準備提出告訴，最後，卻被他的軟功（道歉，幾乎下跪）陶冶了，他給了大師一張五百元大鈔，和寫了一張續賣舊書（盜版書，他的解釋是，別人偷印的，雖然他的社裏存放著一綑綑的盜版書）的協議書。

陶旦顯然是眞誠地懺悔了。

他身後的文藝青年，見他悲不自禁，流露眞情，也陪他落淚，並攙扶他，在他耳邊安慰他。

啊！

有人似乎看見他嘴角隱藏著的笑意。

「滾吧！」

叱喝的聲音和恨的眼神，似乎從大師臉上發出，陶旦慌忙離去。那一羣初出校門，被他以「理想」框住的文藝青年，個個面容哀戚。

有幾個女子悄悄分別進入靈堂，不同時間、不同裝扮，一樣悲愁，同款哀怨、椎心的慟痛，注視著大師的遺照，她們雖然隱藏在人羣中，卻終被發現了。

史美心靜坐在第三排右側第一個座位上，她曾是大師年輕時的戀人。那時，他們貧窮卻快樂，她替他抄寫小說。一遍又一遍，爲了節省郵資，兩人逐街摸索，將稿子送到報社、雜誌，她爲他離家，並不顧父母的反對，和他在營區附近的違章建築，共度一段甜美而困窘的日子，直到他退伍轉任小學教師，才遷離小木屋，住進學校的宿舍裏。在景和國民小學，他被排擠，而她被誘拐……。

蘋戴著墨鏡，佇立展示櫃旁，默默拭淚，她看著大師的手跡、信札、殘稿，難抑悲懷。這個在大師慘淒生活之際，伸出溫柔多情的雙手，給他無限安慰、鼓勵他，並扮演著讀者、編輯、朋友、情婦的多重角色，使大師脫離創作的低潮，攀上顚峰的女子；在五〇年代，曾是文壇男士矚目的焦點，她美麗、健康、大方、勇敢，曾寫了一系列在當時頗爲前衛的作品，將性、愛、靈、肉融匯成浪漫的文字，風靡了多少文藝青年。她最了解他，在他成名時，她毅然離開他，並絕口不提那段她當助編時，不忍退他稿，替他改稿後登出，又以讀者身分寫信讚美他，卻因改稿而激怒他，復以朋友、情人身分慰勵他的往事。這些，有時是大師酒後痛嚎的盲腸，因爲知道的人雖不多，傳聞卻不少，大師痛恨人家說他靠裙帶關係，而獲得文藝獎金或文化獎。事實上，她是暗中幫了不少忙。他當然難忘她，在五十歲生日時，還以化名寫了幾篇類似情詩的作品，被編輯改爲大師的名字刊出，引爲文壇佳話呢！他一直稱她單名「蘋」……。

比起史美心和蘋，柴莉應是較幸運，也是最缺乏文藝氣質的女子。她替他生了兩個兒子、一個女兒，曾是他筆下的「甜蜜負擔」。後來，她帶走他的一切。以致，大師末期的作品裏，婦人的角色多而顯得多疑、善妒、偏狹、虛榮，喜歡尖叫、膽小、霸道，連他和對岸家人寫信，都被她密告。此刻，她來了，暗黃風衣裏，掩不住憂傷和悽惶，她什麼也得不到了，他已經將一切捐給國家文藝館的「褚雄展覽室」，身後的版稅也設立了「褚雄文藝獎」，他的房子，委員會正擬議改闢爲紀念館……。

另外，還有李柔君、蘇菁華、賀月姬，她們僞裝得較好，好似無事，其實偷偷拭淚。這些女子，或長或短的歲月裏，都曾經煨熱大師孤冷的生命。他是個喜歡戀愛和甜食、美酒的男人。愛與美，是大師創作的源泉。

典禮終於結束，委員會諸公費盡心力，才將堂內的人羣請出去。有人拿著晚報、日報進來，上面登著關於他的報導，看來，褚大師的作品又將被炒熱了。

王淸公提議，將連日登載他消息、作品的報紙、雜誌收集起來。一可出個紀念文集，二可焚祭英靈，告慰大師在天之魂。

「啊！是啊！可以用來引火。」殯儀館的老闆話說完，才覺不妥，自搗著臉，好似被摑了個耳光，不敢抬頭看遺像。

然後，是「啓靈」，接著大師的遺體被送進火葬場。

啊！

當工作人員將大師身上的長袍褪下，看見精光的身體，仍發著潤麗的色澤時，不禁讚歎大師生命的光輝。

接著，引火。

熾烈的火花，從焚化爐口的罅隙透露出來。

人們仰望天空中的青煙，讚歎大師的精神、作品永恆。

第二幕

——啊！啊！

——啊！啊！

他奮力躍起，想掙脫手銬。花白的頭顱猛猛地搖動，眼裏一股激動的水意，似淚、似興奮、似哀傷，又似歡喜。臉，原本黃黃鬱鬱的黯白，此刻，竟泛著火紅的酡亮，顯然，他的情緒受到很劇烈的撞擊，發出的「啊！」也亢高近啞。

「至少，他是有聲音的，啊！他證明了他是有聲音。」年輕的記者比他還興奮、激動。

便衣的刑警看了記者一眼，輕輕說：「王兄，你不會受到他的感染吧？」笑著，同時用力將嫌犯按到椅子上。

「他也證明了他還在呼吸,哈!」胸前掛著一線二星的警察將紙杯內的水一飲而盡，並將紙杯揑碎，丟到山坡下。

「啊！啊！」

他又發聲了。

記者急忙倒了杯水，遞給他。他卻吐出來，噴得記者一臉是。

「大醉俠，這水不是酒，太淡了是不？」刑警丟了紙巾給記者：「小心他利用唾液傳染什麼給你。」

「想喝酒，是不？」警察繞到他背後，伸手揑了揑他薄瘦的肩胛：「你必須開口，承認自己的罪行，敢作敢當嘛！」

「別這樣搞他，他不可能的。」記者說。

「老兄，你還沉醉在獨家頭條的夢裏啊!不可能?卻把博士都請來了。」刑警說：「我不懂什麼文學的，但我相信他的天才，嗯!全案頗有推理小說的味道，哦呵！」他苦笑著。

「大家都忙得發昏,他老兄卻是沉默是金的到底,連屁都不放一個。」警察說：「大師，你說他可能是大師，笑話大師，犯罪大師，啊！」

天氣熱，涼傘底下的鐵椅有些燙，四個人除了他，一直喋喋不休。

「也許，把手銬打開，他會開口講話，只要他開口，就眞相大白了。」記者忽然靈機一動，這麼提議，又惹得刑警、警察一陣大笑。

「老兄，你也是天才嘛！打開手銬治他的不語症，啊！新發現，新發現，簡直是天才的新發現。」刑警說：「待會兒我向檢察官報告，哈！」

「外加一打高粱，二個女人。」警察也打趣著：「這位大師，看到酒──連保力達B也一樣，眼睛就直了。」警察說起上周在局裏的趣事，有一位同仁太累，正在喝保力達，被在旁邊做筆錄的他看見，結果，一個箭步便搶了過去。

「有沒有挨揍？」記者問。

警察沒有回答這問題：「他老兄聽到『酒』字就有精神，看到女人，脚就軟、膽就壯了，乖乖！三個，他殺了三個欸！」

山坡那邊傳來哨音，警察在制止人們越過白石灰圈。檢察官和法醫蹲在地上，正在察看什麼。

「有發現了。」刑警看著外面：「我就知道，就知道案子會破，他根本不是什麼大師，是神經病，殺人犯罷了！」

記者跑出去。

山坡上聚滿了圍觀的人，法院攝影師正在對著白塑膠布上的骨頭拍照。

黑柔的土裏，隱約露出枝、塊狀不等的黑、白相雜的骨頭。

檢察官揮手，要工人小心些。

法醫的白髮在陽光下顯得十分的刺亮，他從塑膠布上，仔細地拿起那些或霉或腐，或硬或碎的骨頭，用細毛刷清除土垢，湊到面前，非常非常謹慎地檢視，並不時用放大鏡察看。

人們注視著法醫的動作，注視著工人挖取的土、草，那些記者咔嚓咔嚓地按著相機。

法醫抬起頭，看著檢察官，用日語說：「歐卡浪呢！」〔註：開玩笑之意〕。

他低聲向檢察官說明著。

「什麼？狗骨頭？」那年長的工人大聲向法醫問，他聽到他們的談話，他正在一邊燒焚著冥紙。

工人們的鋤頭、圓鍬繼續翻掘著墳土。

「我想，不用再挖了。」法醫說。

檢察官正要命令工人休工，那具怪手挖到一只箱子，引起衆人一陣喧嘩。

刑警忍不住用力擊掌：「狡兎三窟，不出所料！」

然而，箱子裏儘是一堆爛黃的紙、信。

「我說嘛我說嘛！他是大師，大師！二十年前，他就說過他要成爲第二個諾貝爾文學獎的亞洲人，啊！我的任務終於達成了，達成了！」記者興奮地舉著相機，繞著那堆排開的爛稿紙、破信封猛拍照。

檢察官和法醫走過來。

「他說了什麼？」檢察官朝法醫做了個無奈的手勢。

「他說『啊！』」刑警說。

「褚雄，你一定喜歡吃狗肉。」法醫說：「這玩笑，破中外古今紀錄，狗骨埋在人墳中，好像一篇推理小說。」

「唉，我開了三次偵察庭，他一句也不吭，聽說他還是個作家呢！」檢察官掏出三五菸，遞給法醫一支，坐到大洋傘底下。「也許，那是他的創作方式，啊！」記者擊掌，滿意自己的靈感。

「你還說呢！就憑他日記裏的記載，就一口咬定人家殺了三個女人，現在，又說是……哎呀！偉大的記者先生，別逗啦！」警察半笑半謔。

「日記，固然不能做爲他犯罪的唯一證據，但是。嗯！」檢察官沉吟著，又對法醫說：「楊博士，我查閱過他日記裏的日期，那段時間的老案，確實，死了三個女人，三個女人，那麼巧，都是漂亮的女人……。」

「這樣下去，恐怕沒有結果唉！」刑警悲觀地說：「是不是先送回×發堂？」

「別看他沉沉，他可是赫赫有名呢！」檢察官又對法醫說：「前科累累，幾件是傷害，……，幾件是誣告，幾件是猥褻，還有偷竊。」

「你的大師，哈，諾貝爾文學獎得主，哈！」警察對著記者說。

「他的一生，充滿傳奇、懸疑，如同一篇情節精采、刺激的小說。」刑警咬著檳榔。

「不要污辱他，看啊！啊！他生氣了，憤怒啊！」記者又舉起相機，對著那張表情複雜而又模糊的臉按著快門。

「也許，女人只是他……。」刑警把自己的指頭按得噼叭響：「連那塊墓碑也是假的。」

陽光下，叢草間那塊斜依在土塊上的灰色大理石碑，陰刻著幾行字，隸書，刀痕不深，字都不清楚，隱約是：

愛妻安息佳城

眉由詩人褚雄敬立

碑下方沾著褚黃的土，竟是英詩，可惜鐫力太輕，字形亦弱，較清楚的是Love和他的簽名式。碑石原只是水泥塊切割成的。

工人們都停止工作，聚集在樹蔭下抽菸、聊天。

警察站起來，又坐下。

「你們這些拿筆的，都神經兮兮的。」他說。

眾人正要離去，另一個警察帶來一位附近的居民。

「李桑，老村長哩！」

李桑向眾人謙卑地微笑致意，刑警遞過去一粒檳榔。

「咳！多謝——啊！」

李桑驚訝地望著褚雄，嘴角的檳榔汁都快淌下來了。他握住他的手，喚叫著他。

「褚仙，褚仙，啊！汝那也安呢，那也安呢？」

然而，他依然茫然前視，任由李桑拍摟肩胛，也無動於衷。

李桑有些激動地陳述著，過往一些餘事。

這塊墓地正是李桑售給他的，李桑記得，他是一個氣質斯文，有些憂愁的男子，初到有才村，先是住在庄頭的木屋裏，後來，在庄尾租了人家的瓦屋，村子裏初識伊，都覺得伊古怪而多禮，卻又覺得伊十分的高傲，他有時不理人，整天悶著臉，一言不發地走在村子裏的碎石路上，或低頭或昂首。

後來，李桑的兒子從城市歸來，告訴村人，伊是寫書的人，伊遂獲得村人無比的敬重。慢慢的，他也和村人熟稔了。

然後，他買了這塊地，請人築了墓。每天晨昏，必定到墓前徘徊、靜坐、冥思。伊有時穿著光鮮地離開村子數日，回來時總帶著憔悴和更深的憂鬱。

「那時，村裏有沒有發生什麼事？」刑警問道：「比如失竊啦，就是掉了狗，或是什麼案件？」

「狗，哎，全庄的狗是全庄的，全庄人籠會飼，也籠不會飼。」李桑說：「誰會去注意狗呢？」

李桑在刑警的要求下，沉思一會，想藉以勾起一些回憶。

「啊！有啦。」李桑望了他一眼，壓低聲音：「伊，伊三更半暝脫褲男跑運動埕，常常這樣……。」

警察們忍不住笑起來。

「拍成電影一定限制級。」刑警說。

檢察官和法醫也相視微笑。褚雄依然是一派無事，定靜的樣子。

第三幕

「二十年的文學夢魘」在K報的社會版頭條刊出，同日，K報的副刊並推出專題座談。

中國文學的未來走向。

——中國作家能成爲未來的諾貝爾文學獎得主嗎？

新聞和副刊的座談記錄，都以褚雄的境遇爲主題。

我將是二十年後的諾貝爾文學獎得主

我誓以二十年心力完成中國文學鉅著

這是被同時引用的褚雄在二十年前所講的話，黑體字以縱向排列，十分顯眼，副刊的編輯加上橫批：

斯　言

壯哉

橫批底下才是座談會的記錄。

「二十年的文學夢魘」報導褚雄從二十年前「川端康成作品討論會」後，潛心創作，以至心智崩潰的歷程，其中引用了不少他日記中的片段，這篇報導以連載的方式刊登。編者按：精彩可期。在報導的左欄，有一則花絮，文藝界正發起「送愛心到×發堂」的運動，準備組團去慰問可憐的褚雄。

同一天，晚報也登出關於褚雄的新聞，並指斥K報在報導中無中生有，也更正了褚雄在軍中服役時的階級（引述褚雄的舊日袍澤的話）不是上校，而是准尉。

另一家晚報副刊，更以全版刊出褚雄的舊作和他的檔案照片。

當天晚上，電視新聞便播出×發堂中的褚雄，他顯得呆滯，似笑未笑，亦憂亦悲的臉上，使人無法猜透他的心事。

廣播電台訪問了褚雄的舊友、同事，文藝界先進，談對褚雄的印象，以及對中國作家進軍世界文壇的看法。

隔天，有青商會、扶輪社、選美協會相繼南下探視褚雄。K報繼續夢魘的2，並刊出多封讀者投書。

而新出爐的S周刊，從特殊管道取得褚雄早年日記的一部分，除了原版照片外，並另以新五號宋體字登錄全文。

K報在翌月刊出〈夢魘外一章〉，撰寫〈夢魘〉一文的記者暢述取得褚雄作品、日記的經過，並隱約指責S周刊不該僞造褚雄的手跡、日記。

至於晚報當然又捲入熱潮中了。

誰是大師？

C晚報的標題十分聳動。且影射K報和S周刊都有作弊的嫌疑。

K報不甘示弱，又刊出刑警、警察的訪談，證明「只有我的才是眞的」。

一場開放報禁之後，除了國會新聞戰差堪比擬的戰爭氣氛日益昇高，科威特航機被劫、波斯灣情勢緊張的新聞似被冷落了。

有人撰文誇讚只有褚雄才是大師，他是「文藝界的洪通」，有人以「魔幻寫實的開山祖師」、「中國的馬奎斯」稱讚褚雄。

青年作家們熱烈討論著褚雄的作品風格，很難得的一致肯定「褚雄是超現實派的前衛大師」。協會的值年理事公開發表談話，除了讚揚褚雄是開拓中國文學的先進外，並呼籲社會各界，以及有關單位，共同負起照顧作家老、病的生活責任，以展現文化大國重視文化的泱泱文風。那「風采書店」的負責人，被成名作家詬病，受某些沒有地方出書，卻有著強烈出書意願的「作家」愛、恨交集的出版商陶旦，召開出版「褚雄作品全集」的記者會，宣稱將爲之延聘專家，翻譯外文，向國際文壇進軍，並請求各界能夠「贊助出版」。

文壇似乎熱烘烘，各大報也不甘示弱。紛紛推出文學獎的徵選啓事。一場文學選美的風潮，被鼓動起來了，副刊、文學雜誌的投稿量顯著下降，作家都在忙著寫徵文作品。

文風吹遍各界，連醫學雜誌也登出〈作家的焦慮症候羣探微〉、〈文學大師的人格分析〉、〈作家的精神現象解剖〉，從實例、理論、臨床病歷、分析、研究、討論。還有的醫生，從褚雄的異常人格，發出警告，說作家常患的毛病有夢囈、拉肚子、頭痛、坐骨神經痛、失眠、精神失常……等，應有盡有，並以古農等已逝作家的例證，勸告作家們少喝酒，酒精會影響腦神經，腦神經可能激發許多靈感，或可寫出不朽的鉅作，卻也將有精神崩潰之虞。

更引人注意的是，協會的某理事，具狀控告已退休的M教授，M曾在警校教授「犯罪心理學」，他在日前發表了〈作家的犯罪傾向〉，將褚雄和不久前持刀殺害出版商家人的F作家並論，同時，把以往的案例一一簡述，歸結出作家的犯罪傾向。某理事赫然是案例中的一例，他控告M毀謗、妨害名譽，和M所舉的他的案例相類似，M於是又發表了〈補記〉，把毀謗、妨害名譽列入作家的犯罪傾向之一，他們有將現實人物擬成小說人物，藉以達到打擊現實人物的犯罪意識……。

法庭判決M不起訴處分，某理事不服上訴，維持原判，M接受報社記者訪問，又提出新的論點；「被迫害妄想」使得作家產生自卑、萎頓、反抗、反迫害的心理，因此，便有犯罪的意結……。

令文藝界及警方跌破眼鏡的是，褚雄日記中已「被殺害」，和墓碑上的人名，居然一一活過來了。她們有的自稱是褚當年的密友，有的說只與褚雄一面之緣，有的莫名其妙地說是他的情婦，眞眞假假，在報上出了一陣風頭，最後，有的承認那不是眞的，只是想出名而已。

一切都顯得紛亂。

而褚雄依然在×發堂，過著不語的生活。

沒有人能讓他開口（除了喝水、抓飯吃）。

×發堂成爲熱門話題，再度掀起社會關切精神病患的愛心運動，也使偏僻的鄉野，煥然成觀光的勝地。作家、醫師公會、慈善團體，甚至政治秀的委員、代表們，爭相「送愛心」給×發堂。

搶得獨家的竟是一向沒沒無聞的J報，那有耐心的文教記者B君，住進×發堂同意下，裝扮成「同學」，與「同學們」生活了半個多月，終於拍得了褚雄夜半起床，喃喃自語，以及在月光下用石頭在水泥埕上寫字（雖然難以辨認）的鏡頭。B君獲得J報老闆的一筆獎金。之後，B君竟離開J報，聽說進了療養院了，又有人說B君將從事長篇小說創作，目前正閉門苦思。

褚雄的新聞，餘波盪漾。

報上相繼刊出成立文化部的專論，以及一些保護文化資財的呼籲。接著，各報開始減張。褚雄的訊息，慢慢沉靜，此時，電視新聞忽然報導了一則關於褚雄逃離×發堂的消息。

第四幕

瘋子！

到底誰是瘋子!?

是你們，是你們，是，瘋了，不是我，不是我，不是，瘋子不是我。

我沒有瘋。給我一杯水。我沒有瘋。請把藏在背後的繩子收起來，不要叫警察。啊！

其實被綁的是你們，被追、被抓的也是你們。我不是瘋子，不是，我不是瘋子，不是我，哦！我是大師，是，我是大師。

水！啊！多麼甘美的水。

什麼？諾貝爾文學獎！永恆的美麗的桂冠。哦！永恆，我一直追求永恆，是的！你們都知道我追求永恆的意義。多麼荒謬，你們與我談永恆，與我談諾貝爾，嘴角卻有著嘲戲的笑意。我就知道我就知道，你們尚不能瞭解我追求永恆，探索人性的目的。讓我讓我細細回想，慢慢地敍述。

在那個年代，我褚雄的作品是文壇最豐美的風景，時代的苦難、戰爭的夢魘，鄉愁、愛情、傳奇，是我創作的源泉，我的風格介乎寫實與現代、超寫實與魔幻之間，我的文字略苦澀但前衛而不失流暢，誰誰誰誰誰敢說不識我褚雄。

那川端，我的朋友，幸運地摘起美麗耀眼的桂冠，我也成爲此地文壇注目的焦點，連官員都問我如何復興文化。但是，我急欲創作，我要寫寫寫寫寫寫，每個方格，每張稿紙都塡注了我的生命、靈魂；但是，在我獲得掌聲、花環的同時，我遭遇了難堪的汚蔑，緣於我堅持握筆的姿勢，堅持無忌的創作理念，我完成了不少筆記，我倏然發現，那些文字、包括過去的創作，都難以突破一層一層的束縛，被重重的藩籬隔絕了，我們看不到外面廣濶的風景，我們是自以爲巨人的侏儒，我們活在恐怖的夢魘中。因之，我急欲掙脫一條一條粗大的繩索！啊！各位，別以爲我的朋友們、妻子、情人的背叛，方致使我墮落，不是的，不是墮落，是昇華：在夢魘中，我困惑，我呼吸不暢，我著急，你們呵！終於也慢慢地發覺自己的不確定、可能、懷疑。這個世界有什麼東西、眞理是絕對的呢？文學？主義？藝術？啊！我不甘心不甘心不甘心被綰執在某一定樁上，像一頭可憐的牛吃著不變的枯草，拉著同樣的屎。啊！苦悶、爭執、互鬥、密告、愛恨、美醜、眞假交織成無數夢魘的網，多少人戴著面具。看啊！你們的臉都不是眞正的原來的臉。種種的欺瞞、僞裝、口號使我決心以另一種方式從事創作，我也戴著不同的面具，試探著種種的可能，我躲在人羣的角落。隱藏所有的「我」，以封閉來開放被禁錮的靈魂。我讓敵人、朋友、妻子、情人、讀者、出版商一一現出他們鄙陋的、高貴的原形。這偉大的創作，是人生的遊戲。啊！我遍嚐世界的苦澀、甘美，我在虛幻與眞實間遊行，我蒼白枯瘦的魂魄吸吮了種種的菁華，我即將即將寫下這二十年所經歷的感與思。

以上，所說的完全屬實。

至於諾貝爾文學獎，我、我、我已經獲得了。

至於我的朋友、敵人、情人、妻子，全部還給這個紛亂的世界。

有趣？你們說我有趣？一個色情狂？失語症患者？甦醒！我根本沒有睡著，我一直清醒地面對這個世界，沒有，沒有睡，我沒睡，是你們睡著了，甦醒的是你們終於看見我沒有睡，我也沒有犯罪，你們勿再誣告我，毀謗我是瘋子、是罪犯，勿再追迫我。

逃避？不！我這是面對眞實的殘酷的世界。

什麼挫折之後的反射作用？多麼深奧的學理。故弄玄虛的說法。弔詭，什麼是弔詭？我說得還不夠明白嗎？

休想！你們休想再關我入黑色的框限裏。

至於未來的創作計畫……嗯！或許，我該到各地去旅行，去揭穿人類的夢魘，展示我的創作。

永恆！是的，我追求永恆。然而永恆與荒謬同在。

序幕

認識大師，是友人曾君的美意。

曾君的診所，生意不惡。他白天在一家精神醫院門診，晚上和例假則是他自己執業的時間，然而他是一個會生活的人，閒時也寫寫「紅樓淺探」之類的文字，偶爾也寫詩。我們是多年的好友，但很少碰面，電話聊天倒是常有，碰面不是一件好事，他總喜歡分析作家朋友們的「病」，在他的眼神，我當然也不是一個正常的人。

我有一個夢，夢見自己常常坐在飛機上，向著滿天的彤雲飛去，然後，飛機爆炸……。

這夢每年總要重複幾次，我及妻子都爲之不安。最後，我告訴曾君，沒想到曾君在電話中大笑：「哈！又是一個大師。」

他開給我一些鎮靜劑、維他命等等藥片。我吃後覺得沒什麼不妥也沒什麼好。他要我經常去談談。然後，我遇見大師。

「你們的遭遇類同，夢見自己死亡。」曾君放了一卷模糊的錄音帶讓我聽。「是很好的題材。」他說。

初識大師，他被家人護送到曾君診所，頭上尚戴著一頂花的茨冠，用一些小花，紅的、紫的、黃的、綠的花草編成的環飾。

「別怕，他不會傷人。」

大師溫文儒雅，在曾君的治療下，似有起色。

「他原先不講話的。」曾君告訴我。

在候診的時候，大師總是看著書報，或是寫著筆記。聽說，他曾寫過不少詩、散文、小說，可惜發表的不多，但成爲作家，甚至攫取諾貝爾文學獎的夢一直未了。他依靠他的妻子生活，他妻子是一位中年婦人，微胖，爲生活奔波的痕跡在臉上刻露著，聽說她極力反對兒女學作文。

曾君用催眠術，讓大師吐露心底的壓抑，其中，竟不乏十分可觀的小說情節。

「老天，是眞的嗎？」我問：「簡直魔幻寫實極了！」

大師確實住進過×發堂，確實逃脫，確實也將愛犬殺死後以墳爲葬，而引起檢警單位的重視，他也埋稿，也曾離家出走。這一切的一切，都在錄音中交代得很淸楚。他的家人拒絕證實什麼，也不否認什麼。

難道我們才是瘋子？

我問曾君。

也許我們才是瘋子。

曾君笑著回答。

他把大師的病歷抽出，解釋「梅毒性精神病」（Orgain Psychosis）是一種器質性慢性惡化的病症，患者有精神分裂、躁鬱、多夢的症狀。病因是長期累積的緊張、壓力、焦慮、憂鬱、激動、忿怒的情感障礙，產生意識模糊、恐懼、幻覺、妄想、夢魘……。

「小心！」曾君說：「你，一個稍有名氣的男作家，千萬別隨便約會女讀者，否則，呵呵！」

曾君說，大師年輕的時候，可能有過不少的情人。「但那是個壓抑的時代，現在比較開放，現代人比較熱情，哦！不！比較絕情，你要小心，你們啊太脆弱，感情又豐富。」

曾君曖昧地看著我，笑了笑：「有些事可說不可做，有些事可做不可說，哈哈！作家呢！

不僅做，也要說，轟轟烈烈，欲死欲仙，愛得一場糊塗，天下都知道了——因爲你們喜歡在稿紙裏透露所謂的愛情，呵呵！站在好友的立場，大師，你的小說已經叫人起疑了。好在嫂夫人不懂文學。」

他說得我面紅心跳。

「還否認嗎？」他咄咄逼人。

我搔了搔頭，無言以對。

「作家嘛！普遍都有大師症候羣，卻大都是生活和愛情的嬰兒。」

這是曾君的結論。

「大師的故事，到底有幾分可信度？」我困惑極了。在大師的錄音帶裏，有一些關於女子的，他的情人的故事，又有些關於政治的、文壇的。他自述曾被跟蹤、調查、約談以及受到排擠等等。

「哎呀！你眞的陷入大師的夢魘了。」曾君拿下耳朵上的聽診器：「老實說，我無法測量眞、假，誰知道他的夢境有多深？」

「啊，抗議——大師是在抗議，他以這樣的方式在抗議這人世的不公、不義，眞的，我不認爲他是瘋子。」我擊掌：「他內心裏一定隱藏著某種令他悸動的東西，是不是，是不是！」

「大師！」曾君握了握我的手：「寫下來，把他的故事寫下來，也許，這是篇使你晉身『大師』級作家的重要作品，題材、技巧都前衛，難以歸類，創意。」

他的嘴角有著大師錄音帶裏所形容的「嘲戲的笑意」。我忿忿地瞪他一眼，走出診所。

這是個紛亂的、夢魘的、苦悶的時代？

可不是麼？

自從我辭去教書的工作（代課教師十年，人人叫我施老師），執意專心寫作，我才發覺，寫作並不能餵飽肚子和靈魂。當初，我挾著獲得教師論文比賽第一名、Y雜誌小說比賽第三名、F社社會愛心散文獎、幼幼社兒童詩第一獎的聲勢，毅然放下教鞭，多少人都眼紅了（老天，我四十歲了，終於摘下「作家」的王冠，也終於有被稱爲「名作家」的機會），我四處應邀演講、座談、出版社、報社編輯也相繼找到我。沒想到，報禁一開放，各式各樣的文學刊物、副刊都出奇制勝，我卻被冷落了。我的老婆非但不鼓勵我，還澆我冷水，說我應該專心寫童詩，因爲她發現我愈來愈幼稚了。啊！對了，那個夢，從飛機上跌下來，飛機化成火烈的、豔紅的彤雲……，就是那個時候再度出現的。我更難以忍受同輩（年齡）的作家們，視我爲「新生代」，一邊和我握手，一邊和旁人講話，眼睛又朝別處瞧。這是我晉身「作家」後半年的事，最近，則變本加厲了。他們退我的稿（三部曲：約、壓、退），也不打個電話（我的電話刊登在「作家名錄」，誰人不知？），再是在一些文選裏漏列我的名字……，唉！

辭去教書的工作。

每天不斷地寫，我再也無法行雲流水地一天一萬字（撕去的稿紙倒超過此量），我的鄉村生活的經驗，我的教書生涯，我對這個社會的省思，我對親人的愛，這種種都成爲我的創作之源，然而，我逐漸厭惡自己、懷疑自己，那些作品大半被退，甚至登出來也被讀者來信諷刺一番。我想改變自己，走上大膽的、前衛的、怪異的什麼新潮流、新風格，或是什麼主義的，但是，我沒有辦法，沒有能力。曾君說的，我「搞怪」不起來，那些雜誌、報紙，才都是年輕人搞怪的天地，我攻不進去，我就這樣坐以待退，不屈不撓地燒著自己的靈魂，我覺得我快變成灰燼了。

大師的出現，大師的故事，使我將死滅的創作的慾望，又漸漸燃熱起來了。

我要寫！

是的！我要寫。

我要走入大師的靈魂深處，去測量他的夢境的深度，去感受他生命的光亮、冷熱，去品嚐他人生經歷的各種味道。

我要寫！

我要去親近他，我要以眞誠對待他。這將是我贏取桂冠的機會，也許我未必有機會獲得大師夢中的諾貝爾文學獎，但是，我必然，必然，必然會讓文壇側目（一個四十多歲的前衛作家！），而那些女子和我的朋友，也將重歸我身旁。

眞的，這是個使我晉身大師級作家的機會。

我必須先封住曾君的嘴，要他別把大師的故事洩露出去。我必須多閱精神的、心理的書，準備去和褚大師做好朋友，當他的知音，聆聽他的夢囈，忠實地寫下他的故事。

——原載一九八九年元月《聯合文學》第五卷第三期

無常

那吹著牛角，搖著銅鈴，唸咒的師公，繞著式場，時高亢時低沉的歌吟著，關於死者生前的崇德事功，以及往西天極樂世界道途的種種頌詞，並一一將死者子孫的孝行表奏地藏王菩薩。

那沉陷在黃色咒文與銀箔蓮花紙錢香煙氳氤中的臉，分明是余保，雖然他穿著紅黑金絲道士服，卻難掩外八字的步伐，搖晃著肩背，大模大樣的身影。

在悲傷的氤氛中，余保主導著法事的進行。

他領著道士們，揮紼緩行，讓喪家子孫跟隨呼應著「有唷！」「有唷！」。

法事之後，孝女隊開始呼天搶地的嚎哭，哀傷和忙碌的氣氛，蔓延到整條街巷。身爲晚輩遠親子侄的我，代表父親前來致祭，爲了和余保攀談幾句，不顧輩份，忙在近親的行列中佔上一位，上香，鞠躬。

我肯定那師公是余保無疑，這個既是伙伴兄弟又曾經負責監察我的傢伙，因何淪落在這樣的場合？說淪落也許不對，在這場告別式中，他是神魂的引介者，穿行陽陰兩界的權威哩！

我穿過人羣，到達喪家的客廳，果眞，道士們正在換衫，並享用喪家供應的素食點心。略微發胖的余師公，神情愉快地和喪家後生談論死者的美德，以及過世前種種不可思議的預兆，他並未注意跨過門的我，也許是有意的忽視，我倒要看看他如何對待我，這傢伙！

談話並未中止，喪家後生是個頭額光亮的中年人，我曾在祠堂見過，記得他與父親是平輩，我得叫他一聲「平叔」。這人已經察覺我入內的舉止，我儘管讓微笑和哀傷同時寫在臉上。平叔斷了句，邊傾聽余保的陳述，邊用眼角睨我，詢問的眼光。那幾個道士，猛力地吸吮著麵和湯，並誇讚口味之好，難怪個個油光滿面。余保也是，我注意到他神色間隱藏的不安，因為我。

想必余保無法逃避了。他臉色一轉，安詳而平常，面對我。

「喔！長官。」

余保站起來，伸出短而粗的手掌，用力握我。

「眞是有緣啊！」他一臉的笑，有些卑微。

「沒想到會在這裏遇見你，余保，我們多久不見了？」我笑問。

「五年，眞快！」他回答，並一一介紹在場的人士讓我認識。

「不簡單唷！余保。」我說：「你如今眞是法力無邊哪！」

「的確。」平叔說：「師仔的法眼和仁慈，叫我們全莊的人都感佩萬分。」

「伊的明牌尙準！」年輕的道士邊說邊吐舌頭，余保威嚴的眼色掃向他。

「黑白講。」他笑啐小道士：「有耳無嘴。」

「救世啊！」平叔遞給我一支香菸，又說：「師仔的人，誰人不敬仰七分。」

余保顯然不要平叔洩露太多關於他的種種，淡淡地說：「大家無甘嫌，我只是盡力幫助衆生吧！得失是不計較的。」他輕揮手，阻止他人再說下去，重又拉住我的手：「長官，啊！不，我應叫你一聲大哥，你可好？」

「不壞。」我笑笑，「世事多變。」

「這就是無常。」余保徵詢衆生的共鳴。

「是啊！」平叔和三個小道士不約而同回答。

「這樣吧！我們等會兒好好聊聊。」他看錶：「失禮啊，大哥，我還要『起靈』，你那無時間——」

「我當然要送三叔公上山。」我說：「這麼好的長輩，家父特別交代的，一定要向平叔你致意的。」

「喔!多謝，」平叔跟著站起來：「實在多謝!」

「好啊!子賢孫肖，德厚福深。」

余保披上道士服，戴上結髻的黑帽，一派威儀。

「代誌辦好，我要跟阮大的好好開講咧!」他又說：「大哥，你別忙著走，一定要等我。」

我點頭。顯然因他對我的稱謂，使我的地位突然提高不少，平叔與我偕行，並向同公族的長輩，再三推介我。

外面，五子哭墓陣咦哦咦哦吔，花鼓陣敲敲打打跳著擡步舞，因著余保師徒的出現，鑼鈸鼓吹變曲調，表演的伍班，像被定身咒定住一般，刹然停止所有的動作，參與告別式的人們，如夢初醒又入夢。

實在難以置信啊!我輕歎氣。

這個在部隊裏做鬼弄怪的余保，居然混這個名堂。

我以莊外人的身分向一位黝黑的老人探詢關於余保的事。了解余保約在一年半以前，在無水寮開壇授徒，並爲苦難的民衆廣佈德音、傳達天機，使得遠近數村莊民衆驚爲天仙轉世，伊把一些數字，畫在符紙上，凸示六合玄機，讓村民們連連中獎。此外，他也以符水治癒許多怪病，並爲疑難的人們，解答開運的方法。

「你有問題可以找伊試看，那有緣，就有福氣解厄消災；那是緣份未到，就要多做善事多唸佛多積德哪！」老人循循善誘的眞誠，令我感動。

我永遠難忘七〇年代，和余保共處的情景。

那時，我只是一個基層單位的主官，閒時難熬舞文弄墨的癮，竟然讓我在不少的文學獎中收穫連連，由之奠定了我的作家身分，也使我立志文學的虛榮心愈發膨脹。記得在每次得獎的慶宴中，余保——我的連輔仔，總要喝得七倒八歪，又唱又笑又哭的，伊不只一次向我泣訴他被上級責難、委屈諸般，以及被迫下海——在小宴小酌中扮演侍者的痛苦。誠然，單位中，人人皆悉余保是個八面玲瓏的人物，有他在，本連的績效始終不壞，他的業務，我從來不用操心。

「哥哥。」

記得他是如此親暱地叫喚我。

「我以你爲榮！」他再三抬舉我，並在不同的公私場合中，宣揚我的光榮，也挺胸宣稱：他是我兄弟。

有余保在的地方就有笑聲，而我總是尊嚴的長官、大哥。妻說，余保是一個死忠的好兄弟。他對她的烹調，簡直捧上天啦，山珍海味的形容，什麼比喻全用上了，加上左一句「大嫂」右一聲「夫人」，怎不叫心腹直爽的妻心花怒放呢。

而在許多的會議、評審中，我也多次替余保爭取較優的排名和功獎。單位的長官說我們可是軍政一條心啊！儘管他的酒品、喜歡和長官拍桌子的脾氣引起不少爭議，但最後總能獲得長官的諒解。由之，他在我的任期中，連續榮膺全軍政戰楷模，我則是與有榮焉。

對人向不設防的我，不免驚訝於連部傳令退伍前的忠告：他在與我道別前幾分鐘告訴我：連仔，你要小心輔仔，他在害你，很多人都受不了他，也怕他、厭惡他。

我微笑握住這位好弟兄的手，問：怎麼會呢？

他輕歎氣：就知道連仔不會相信，但是，多小心點，不然連仔會倒霉。

我是有些訥悶：怎麼會呢？這情義相與的好弟弟，他甚至曾在夜深時分，到我房內，傾吐心事。那麼誠摯的敍述他幼年的不幸，他妻子與兄弟間的齟齬、婆媳衝突，問我、聽我的意見，信任我的話，並聲淚俱下，十分感動的擁抱我，說：下輩子一定要當我的親兄弟，或者，他願為我的子女。話雖肉麻兮兮，卻叫我感動莫名。

他使我有著飄飄欲仙的「偉大」之感，所幸，出身農村的我，尚不致為之忘記自己的名姓，儘管他再三預言，日後的我將是國之干城，大將之才，優秀的棟樑。我仍洩露甘為農圃的夢。

有一天，營部政戰士林忽然約我至教練場。我以爲又是士兵間的衝突，打打架、口角、飲酒相激之事，並沒有什麼大不了，我常以輕鬆、包容的態度化解年輕士兵們的問題，大家有什麼事，找到我，我也從不推辭，畢竟，我也年輕過、浪蕩過。

林在昏暗的天色中，從衣服內掏出一張紙，攤開。

「連仔，這叫我生氣啊！」他說。

上面是余保的筆跡，記錄著我本月份的「五何」，何人、何事、何時、何地、爲何……。

我無言。

顯然，這樣的稟報是余保每月例行的工作。

「你怎會找到這個？」我平靜的問。

林先一頓操幹咒罵「什麼東西!?」

他說：已經忍很久了，要不是看在連仔你的面子，早就和余保幹上了。余保從不把士兵看在眼裏，頤指氣使不說，還辱人品格，一副軍中流氓的樣子，並說，連某人都怕他。

我聽他繼續講下去。他所說的某人，當然是指我了。

昨日，余保和直屬長官因爲經費分配的事，起了激烈的衝突，余憤然摔門而出，林在走廊上撿到余保在盛怒中，從卷宗裏遺落的文件。

林又指述著余和長官的種種不是，我拍拍他的肩膀，沉默地走回營房。

而余竟沒事般地吹著口哨，一如往常的嘻笑著，這使我發覺了他的戲劇天才，他又和長官嘻哈嘻哈如故。

我仔細地檢討自己，是不是有什麼無心之過或者工作上的疏忽，或者失言、不檢點之處。否則，余保爲何要那麼巨細靡遺的以日記的方式記載我的一切呢？包括我在家中不時掏腰包請客，也有不當的企圖；包括我夜晚練習瑜珈術，倒立十分鐘，也沒有遺漏的記錄著。而更叫我不安的是，我的交往關係，我的信件、閱讀、寫作的書稿，也一一羅列其中要點。我的不安不是因爲害怕、畏懼；良心與愛是我多年來堅持的寫作準則，何況，對於一些所謂不當的言論，我從不附和，也自信具有免疫力；我曾自訥，我心坦蕩，可映天色，可影田籬。我的不安，實在是因著擔心，擔心如我之人有多少被羅織不白，會有多少被戴上帽子，擔心這項制度會污染多少人的純潔，如余保就已經被污染了。我也憂愁著，這般的情事，是否對國家有所助益？眞能過濾什麼？能消弭什麼？或是會增加問題，製造更多的分歧，削弱士氣、戰力……。

於是我沉默了。

以往，弟兄們在休閒時，無論是下棋、飲茶、喝酒、聊天，我通常會和他們打成一片，談笑間，往往就了解他們的問題，化解他們的齟齬；和大家共嚐苦、樂，使我獲得弟兄們的信任、友愛，以及敬重。

那件事之後，我不再熱絡的加入他們，尤其是余保在場的時候，我總推說有事，走進寢室，取讀關於人性心理學方面的書籍。的確，我對於人性、心理的了解，太有限了，一廂情願的以爲情、義可以泯去猜疑、欺妄，可以溝通血脈的溫度，可以伸握人際間心靈的手。

心理學的理論，並未使我洞悉如余保這類人的性格。他們的眞眞假假、敏銳、多疑，到底是先天的「本惡」，或是後天環境下所衍生出來的「質變」呢？後來，我在偶然間，翻讀一册政治思想史，再加上平日不得不讀的一些有關與共黨鬥爭的訓詞、史例，本使我對余保及他的同類，有了粗淺的了解，甚至有些同情他，但我知道這不能再信任他了。

連上的事務，我收回下授的權力。任何人不能未經我的同意，即以我的名義來發布任何命令，所有的公文必須有我的親筆批示，才能生効。

敏感的余保，在我嚴肅的宣布這項規定時，臉上時紅時青時白。我說，我不能縱容這種僞造文書、瀆職的行爲；同時，我也把「陸海空軍刑法」裏的有關條文，用紅筆眉批，並當著所有的士官兵面前，命令余保以政戰主管的身分宣讀一遍。他的聲音微微顫抖著，且帶著濃濃的漁村腔調，是素不分，之知難辨，叫站在列子裏的阿兵哥忍不住嗤嗤笑了起來。

——笑什麼？

我暴喝，並命令值星官處罰那倒霉的傢伙。

余保艱難的把條文唸完，並將之解釋一遍，他的臉幾乎扭成一團，眼圈都紅了。他規矩的向我敬禮，跑步入列。我雖然沒有明言，他的動作不標準，卻在訓話後，要所有幹部留下來，練習基本動作。

我的改變，很快的就引起上級的注意。他們對我講了一些真話。

——哦！這可證明你沒有結黨營私哪！

——我們都在擔心，貴單位的江湖好漢，除了你，還有誰能帶得動？這下子，他們該明白，你也會翻臉啊！

我笑笑，不做太多的解釋。

沒錯，連上的幹部能力都很強，卻都不是很好駕馭的傢伙，他們看不慣某些長官，常和長官口角、爭辯，甚而動粗，他們對訓練、演習的經驗、心得，常爲單位搏取榮譽，卻也因之桀傲不馴。很少主管能夠見容這樣的幹部，因此，他們一個個從別的單位調入我連。上級的著眼，當然也有肯定我、考驗我能力的用心，但不可否認的是，因爲我也曾走過最基層的路，我掛過士兵的臂章，在那個「好鐵不打釘，好男不當兵的年代」，我在士官學校和一批眞正的好漢、俠士，廝混過二年多，在部隊裏，也幹了一段時間的「兵王」士官，我的經歷，使弟兄們認同我是他們的同類。加以我也從未把他們當成匪類，我了解這些離鄉背井的士兵、士官，也知道剛離開學校、掛上軍階的小少尉們內心的惶恐……。

我猛然警覺，我與弟兄們的情、義相與，竟有結黨營私的嫌疑啊！那麼，我連那串串的優勝、光榮，那團結精神凝聚成的炫亮記錄，竟也暗含著某種不可告人的陰謀嚒？

我沉鬱，但我沒有退縮，對余保以及他的同類，我已失去耐性和笑容，不只一次，我藉著莒光日政治教育主官講話時間，以及參加上級的會議裏，義正詞嚴的痛斥他們，指責他們對單位內部、對主官、對士官兵們的嚴苛、醜詆，對問題的包裝、淡化或擴大，以及自由心證、以情緒好惡判生死的種種不足；我也厲言，大陸失敗的歷史教訓，不在敵人的強弱，而在自己內部的私、偏、欺、疑。

長官對我是更加關心了。

平日，我沉默如故。我自知，刺蝟的衣衫，已經使余保不敢囂張，他再也不敢大刺刺的告訴士兵們，連長的筆在他手裏，他可以代行主官的職權。這肉痲的詞色，叫我噁心的以粗話咒：幹！

余保不再代我批公文、批假單、批經費的支用。

意料中，長官召見我，

——怎麼啦？

——別再鬥他們了。

他們，當然指的就是余保和他的同類。

我說：公私分明，公事公辦，絕不含糊。

長官歎了口氣，他也無奈吧！

——要平安的幹下去，要想有績効，就必須爭取他們的合作。

長官語重心長，我是姑妄聽之，但依然故我。

那些余保所散布的「細胞」，一個個浮現出來，其中，居然有連部的文書、傳令。他們是無辜的，這些自動向我表明身分的弟兄，誓言從未反映過任何無中生有的資料，傳令小羅坦承，是他把我經常閱讀的書名抄錄給余保的，這令我欣慰，因爲其中有不少詩集是朋友相贈，彼時，詩集的市場僅止於詩友吧，而余保居然有辦法去蒐購，算來也是詩友呢！

我告訴這些被擺布、卻良心未泯的弟兄，要分辨眞假、是非、善惡，若我有過失，有貪汚瀆職的事實，儘管向上稟報吧！我知道，在這生活了十數年的環境裏，正義、公理是死不透的，只要我不枉法敗德，誰也奈何不了我的。

余保不再有事沒事就闖進我的房裏，嘻哈的丑態也因失去我的笑臉相對而落寞了。

連上的幹部對他也不再那麼熱絡了，他們都很聰明的察覺我的心事，私下向我表示支持我。顯然，余保漸被孤立了。

事情終於到了必須攤牌的時候。

那日，我將那份專長調查表擲還給余保。上面的表格，羅列著一些基本資料、社會背景、交往關係，我詳實的塡入上次林拾獲的稟報資料上的文字。

「這些資料你都有了嘛！何必要我重塡？」我不禁有些不奈，語氣裏免不了揶揄。

他睁大眼睛，布滿紅色青春痘——有些已成了爛瘡的臉，倏然發著青白，像粧彩不匀的丑角，微張著嘴巴，欲言又止。我只聽到他停卡在喉間的「啊！天——」

當天，晚餐的時候，有人來報告：余保在街上鬧酒瘋，部隊裏的憲兵都去了。我據實向上呈報，這違紀的行爲，不該發生在政戰人員身上，且身爲主管的我，得負管束不嚴的過失責任。

他回來了。

幾個士兵架住他。

余保表演的第一幕，跪在我面前，哭訴著心中的鬱壘，捶胸頓足的罵自己混蛋，罵他的長官是匪諜，又分化我們兄弟的情感，並保證他對我忠心不貳。我漠然以對，傳令協助他去沖個冷水澡，也許有助他醒酒。

第二幕，他學電影情節，爬上二樓頂，就要躍下。任弟兄們的拉勸，他幾度掙脫，在樓頂的邊緣作勢、前進、後退。整個營區都聳動了。

長官們來到現場，用喊話器叫著余保，別做傻事了，有事慢慢講，有問題一定協助解決……。

余保的臉，映著西邊的霞光，很有一種特寫的効果，他的髮被風吹動。天色漸漸黯淡下來，他的身影也漸漸模糊了。在上面陪他、拉他的人也不耐煩了。

他沒有躍下。

在長官的勸解下，我不得不從樓牆邊的鐵梯爬上樓頂。

「余保——」我叫著他的名字，「你下來，別鬧！」

「大哥……」他拍打著自己的胸脯，「你可知道我多痛苦？嗚哦——你不了解我，誤會我了，我沒有害你啊！我——」他站起來，樓頂上的西北風，使他的身影瑟縮，聲調淒慘，「我對著天地發誓，我余保沒有陷害你一根寒毛……」

他又哭了起來，我走過去，他一個踉蹌，差點跌落下去，我欺身向前，藉勢攬住他，剎那，將余保推下去的意念閃過心頭……。他的頭靠向我的肩膀，「好啦！我知道了，根本沒有事，何必多心，大家都是自己人，要相扶持，不要相害，是不？」

他終於跟著我下樓，鬧劇並未落幕，他在我房裏，一五一十的吐露，當初調到我連的原委，以及被賦予監看我的任務經過。

原來，上面疑慮我和某些自由色彩濃厚的作家朋友交往，怕我加入他們的組織（天知道，作家是最討厭「組織」的，每個作家都有自己的天空），也怕我的思想產生變化，我哈哈大笑，像我這樣的人，看見電視那莽莽蒼蒼的草原，那羊羣，那長城，那滾滾黃河，以及冉冉上升的國旗，青天白日下飄揚著的旌旗，都會落淚、感動的人；曾在中美斷交時，爬上營區後的高地，怒吼嚎唱「我愛中華」的人，也曾在任士官時，跑到高雄五福四路偷襲摟著中國吧女搖搖晃晃的美國大兵，這般激烈、火燙著愛國熱血的我，會加入什麼反對運動？會參加什麼不法組織？而那些因文學而交往的朋友，還屢次笑謔我是極右派呢！

我笑著，眼眶裏盈著淚。

「讓我們一齊爲國家珍重！」余保緊握住我的手，「我永遠是你的弟弟！」

然後，他又亦步亦趨的在我身邊。

我向上級提出請調的報告，我的任期也已屆滿了。

沒想到余保先我一個月，調任友軍部隊的保防官。

我祝福他，自然又酩酊一場，所有的恩仇，似已泯去。他在赴任前，要我在他的日記上題字，我寫的是「秉持公義正理，爲國肅奸除惡」。

後來，「余一刀」的大名，傳到我耳裏，他果眞除去不少部隊中的敗類：洋洋得意的他，在我北上受訓前，乘著吉普車來找我。

「誰都怕我，幹！」他伸出手掌，比劃著「砍」的姿勢。

「我要讓像連長這樣的好人出頭，把那些混吃等賭的匪類，一一殺殺殺，殺——」

余保笑得一臉的乾痘疤，紅艷明亮。

他又談述著辦案的精彩情節，顯然，他的事業正推向高峯。其實，關於他的種種，我耳聞已多，其中，我的同學某人曾託我向余保求情，別把他的事搞臭。某人的事，是屬於可大可小的案子，他老兄帶了二個有木工專長的弟兄回家，裝潢準備新婚定居的新房，被保防佈建的細胞人員反映了。我打了電話給余保，要他看著辦。余保在電話中，哼哈著不置可否，事後，果眞是以「查無實據」結案。可是，我那同學，偷偷告訴我，余保找過他，他照余的暗示，送了一盒裝了二個月薪餉的水菓禮盒到余的家裏……。

他來看我，也帶了一盒屛東枋寮出產的黑珍珠蓮霧，盒中無鈔票，黑珍珠有些萎爛，放太久了吧，或是人家送他，他再轉送的：我猜。

沒有再和余保聯絡，是因爲也是某部隊保防官的好友告知，他的性格多疑善變，許多無辜都遭了殃，他們忙著替余保「擦屁股」：在余保眼中，凡事莫不可疑，凡人莫不可殺。他已成爲人人畏懼、厭惡的傢伙，好友說，余保幹的是殺生的屠夫角色，他只好每日唸佛替人超生了。更令我錯愕的是，好友透露：余保在我的資料上，補白「剛愎自用，個性激烈，交友複雜；領導統御方式偏差，常攻擊保防政戰幹部，自以爲是……。」好友說，他對於我厚厚的資料，是無能用「立可白」擦去了，要我善自珍重，別再搞飛機了。我告訴好友，我後悔彼時沒有讓余保跳樓。

受完訓後，我分發到南部某部隊，履任後，我至司令部的看守所探望一位屢次逃兵的士兵，期望能以關懷、說理的誠摯之情，感化他頑強抗拒兵役的心。他的刑期將要屆滿，且又回役至我營裏。

令我驚異的是，我居然在那裏看到余保，他剃著光頭，穿著黑衫，雜混在營役的行列中，他的身影我太熟悉了。他似乎看到我又似沒有看見我，神情和早上初見我時一樣。

好友告訴我，那傢伙是遭報應了。起訴的罪名是瀆職，原因是他吃人喝人還「砍」人，當事人心中不服，拚著不幹，破釜沉舟地將證據呈報上級，適巧，那位長官也吃過余保的虧，如此這般，他進入軍牢裏。

我那位慣性逃亡、有些自閉的弟兄，回到營裏後，爲了便於管束，我讓他在營部補了個傳令兵的缺；久之，他了解我是一個沒有壞心眼的人，也會和我說說笑笑的，而一些軍牢中的軼趣之事，常令我笑出眼淚。編號313的余保在裏面的表演，也叫這位弟兄刻骨銘心。他告訴我，313初入獄裏，便以捕食蟑螂、蜥蜴、喝尿、吃屎，演出「精神失常」，企圖出外就醫，可惜，所裏的高手如雲，這番故技在他吐得膽汁都嘔出來後，依然沒有讓他得逞，接著，313在半夜裏，對著他家人送來的符咒、神像起乩大跳八仙將，聲震各個監房。「同學們」被吵醒，先是咒、幹、罵聲不絕，繼而搖動鐵窗助威，演出一次不為人知的鬧監事件，他被隔離監禁了幾個月，才回復「正常」，不再搞鬼了，但在難友間，他搏得「八家將」的稱號，偶爾也會替人做法收驚。

蔣總統逝世後，政府辦理減刑，聽說余保也是受惠者之一。我想他該是彼時出獄的吧。

往事歷歷，未曾停歇過寫作、閱讀的我，終於褪去軍衣，離別曾熱愛、執著的軍旅，那青衣年少的殷紅血燙，沉澱成中年的心事。

低沉的牛角聲，忽轉音昂嗚。隨余保的手勢，葬家隨棺槨起靈的動作，大聲嚎哭起來，「出山」下葬的儀典開始。

鑼鈸、鼓吹揚起，電子琴花車、孝女隊的哭嚎，渲漫著悲傷的氛圍，送葬的隊伍蜿蜒而行，余保挺胸走到前頭，執幡的平叔和捧斗的和叔跟在後面，一步一頓，執紼的親友，忍不住探頭張望前面，並在哭調的驪歌音樂中，品評喪家子媳悲傷的程度，以及一些後輩的孝行與不肖事蹟。

我走在親友行列中，也忍不住張望著師公隊，余保臉上有著權威、神秘的汗光。

天氣燠熱極了，雲層厚而低，都已經立冬了，幾天的寒流過境，讓人誤以爲嚴冬到來，出門時，不免多加兩件厚衣，哪想到東南氣流帶來炎夏般的季候，叫人走在路上，喘咻不止，胸頭悶窒。唉！這忽冷忽熱的天。

出山的隊伍走出市街，喪家依俗禮跪謝遠朋親友，電子琴的噪音稍歇，鼓吹又揚聲，余保——師公抬手拭汗，一臉紅臊，把那未平的痘瘡映得愈發酡亮。我遲疑著是否要繼續「上山」，頭臚忽感暈脹，且心窩作痛，自忖必是中暑了；正要退回市街，紅衣身影飄至眼前，余保的金牙亮閃閃，我聽不清楚他的話，只覺全身癱軟，被他架進冷氣車座裏。

「是安怎？大仔！」

我搖搖頭，渾然無力。

「歹勢，這呢熱，呼你等這呢久。唉！」他歎了口氣：「人生啊！黃土三坯，還剩下什麼？」他看看我：「喔，你面色慘白。」

「啊！伊是煞到了吧！」開車的小師公說：「師仔，汝唸咒加伊解解吔！」

我微張開眼，只見余保那張爛瘡痘疤的臉突然在眼前膨脹起來，逼近我，他濶而厚的嘴唇掀動著、掀動著，他在唸咒！啊！他在唸咒。那沒有抑揚頓挫的音調，像軟軟的雲，像溫溫的黑潮，溺我、浮我，我無力的無力的被飄起，落下去、落下去，深深的淵谷。

啊！余保——

我驚呼，無聲。

冷颼颼的樓頂上，瘖黯一片，那站在樓頂邊緣哭嚎的不是余保，是我，我一個踉蹌，跌落下去……。

——原載一九九〇年十二月《台灣文藝》創新2號

荷花與劍

下午，公園裏的荷花，一片枯舊，萎黯黯了無生氣，風大，那巨大的葉瓣，愈顯蕭瑟，蓬蓬冷冷的在污水裏，被吹得身姿模糊、欲裂欲墜的樣子，叫馬順下不了筆，調色盤裏的顏料，都快乾裂了，畫布上依然只是一梗灰鬱，鉛筆白描畢竟失色。也許，蓉眞的說對了，冬日臨荷，豈不把荷畫死了。

荷是死了；馬順支著下頷，望著池裏，所有的荷，全像死了一樣，頹頹喪喪的。原想，在其中抓住一絲尙存的神氣，寫出荷的韻味、靈秀。他極不喜歡滿街紅紅綠綠的荷畫，那些，只畫出荷花、荷葉、荷梗，卻沒有把荷的精神、氣韻展現出來；濃粧豔抹的荷，失眞；他想。可自己在公園裏盤桓了幾天，就是找不到、尋不著心中的荷韻，他一直堅信，縱使荷池全部枯死，也可以看到那死不透的生機。

馬順擲筆，自忖；畢竟離開畫筆太久了。

他百無聊賴地躺坐在硬梆梆的鐵椅上，掏出早上買的菸，新習慣尙不順手，打火機幾度被風吹熄，只好敞開衣襬，背風，弓起身子，像偷竊什麼似地點火。

呼——

馬順胸前一束火舌，倏然竄出，他慌忙鬆手，猛拍著燒到毛衣背心的火星，胸腹前一陣灼燙，幸好很快滅了。他拾起地上的打火機，貼在上面的裸體美女像，似遠還近，縮小的緣故，笑得十分野媚，他用手撫壓過，順勢撕下，碎散北風中。

他重新點燃，吸著，菸頭上的火星，飛出薄羽般的灰屑，原來，菸只燒半邊，他突地用舌頭將菸頂彈出去，掉落荷池裏，只一陣淡煙嬝嬝，破敗殘荷中，哪有像火的花朵？

馬順縮著脖子，冷。手上的打火機，失去美女了，卻仍有不甘熄去的灼熱。他蹲下再次打燃火舌，且又任風將焰苗一次又一次的吹熄，他忽然有點燃自己的念頭。脚步聲從他身邊走過，是一對情侶，相擁的背影，漸行漸遠。沒有人注意我。縱使眞的自焚；馬順自忖。

自焚。

馬順握緊拳頭，問自己：幹嘛呀？

他仰頭，讓冷風灌進衣領，寒流襲人，卻叫人有種醒驚的錯愕。怎會有這可怕的念頭呢？馬順抹著自己的臉，咬緊牙根，告訴自己：怎麼可以？不甘心哪！

不甘心，的確！

他頹然坐下，背脊一陣冷，鐵椅又銹又硬，叫人不舒服，這叫什麼公園、植物園嘛!?馬順在心裏罵著，卻又莞爾。耳邊響著妻子的聲音：你啊！看什麼都不順眼、都不對。醫生也說：先學習適應新環境，你的病，不藥可癒。

每當他在家裏，憤怒地指責妻女的不是，罵那些軍中的敗類、社會的蛀蟲、共匪的同路人、台獨時，他的妻子便摀著耳朵，顧自看電視。

他看得出來，妻子對他的感情，已經有著某種質變的可能。可不是嗎？馬順想到早上出門時，蓉神秘的、低聲講電話的神情，這女人是變了，自從他退伍後，她開始上班，每天花枝招展的外出，下了班，對丈夫的態度，漸顯不耐，且不時透露出不屑、藐視，菜也沒以前做得那麼可口了，幾次還以泡麵代餐，經他抗議後，又不情不願的乒乓碰撞鍋鏟，摔碗破碟，弄出三不像的飯菜。

——別刺激我。

馬順怒吼。

他猛覺自己置身公園，好在沒有人聽到、看到，要有，只那池中乾枯的荷吧！

心理醫生給他的第一帖藥，是「去接觸美麗的事物吧！」

他再也不去什麼陳醫生那兒，世上有這等行業，聽人家傾吐心事，催眠般的要人家放鬆、放鬆，把所有的不滿、不安全說出來，然後，又用什麼夢境解析、心理醫學的怪名詞，來斷定你得了妄想症、精神病。

不甘心也是一種病吧！他想。才四十多歲，前途一片光明，事業如日當中，沒想到就必須塡表自動退伍。馬順把臉埋在雙手裏，搖頭，眞不甘心哪！

什麼時候，那病竟兇猛的欺身上來，沒幾個月，就打倒一個身上流著浩然正氣的血熱漢子，一個以肅奸防諜爲終生職志的優秀軍官。馬順回想長官關愛的眼神，和微啞感性的談話，心裏舒服了些。

把過去種種，忘掉。

心理醫生如是說。馬順吐了口痰，用力踩抹。簡直是鬼話。怎麼可能忘掉一切？又不是白癡。

蓉總是瞇著眼皺著眉，沒好氣的指著他：馬順，我看你到龍發堂去吧！

焦慮、自律神經失調，紅紅綠綠的藥丸子一大包，還出了些奇怪的主意，什麼去洗三溫暖啦，去遊山玩水啦，甚至去度二度蜜月啦，去享受美麗的事物啦！

馬順想到這裏，突現靈感：也許該打個電話給陳醫生，問他，自焚的念頭和在野外與陌生的女子約會、野合的夢，有什麼關係，讓他去傷傷腦筋。

偏偏美蓉就相信陳醫師那一套。

先是帶他去參觀畫展，主題：荷。

然後，從儲藏室裏翻出畫具，是她送給他的高中畢業禮物。那時，他正打算投考軍校。那套畫具只在他們訂婚時用了一次，也是畫荷，美蓉愛荷，他們倆的情愛，荷才是媒介。初識緣於高中校際寫生比賽，他和美蓉各自代表學校參加，地點就在植物園，荷池自然成爲大家臨摹的所在，比賽結果他第一，她第二……。

畫具上仍有十多年前的色漬，美蓉刷洗乾淨後，又買了一套顏料，對他說：「你一定可以畫得很好，五十歲生日時，我要替你開畫展。」她就在一家畫廊工作。

「我要，樹，立，自己，的，新風格。」馬順緩緩的自信滿滿的說：那些畫展，盡是些俗不可耐、有肉無骨的作品，有啥可看的。

對於他對別人的批評，美蓉有些不以爲然：「別這樣，順，你別完全否定人家……。」好像那作畫的人，是她的情人似地迴護著。

「OK！看我的！」

馬順揹起畫具，向植物園出發。

今天，第三天，畫布上的荷花還未開放。

回到家，馬順感到意外，妻子已經在廚房了。

「怎麼樣？」她探頭出來，一眼瞥見畫布上的灰鬱，自己給自己回答：「沒關係，慢慢來，大器晚成嘛！」

馬順朝妻子一笑，她臉上隱藏了什麼，似有若無。妻子察覺他質疑的神色：「有什麼不對嗎？」

「沒有啊！」他淡漠地回答：「不太想畫了。」他沒有把下午那個自焚的念頭說出來。

「幹嘛呀！馬順先生，別再胡思亂想啦！」蓉說：「我剛給你買了一本最新的畫册。上面的荷花，都是得獎作品。」

「沒什麼意思。」他咕噥著，廚房的抽油煙機聲浪大，蓉沒聽清楚他的話，顧自說：「我看了半天，發現我老公在不久的將來，說不定就能出一本《荷》的畫集呢！」她媚媚的朝丈夫笑看一眼。

他脫了衣服，發現茶几上有一封女兒的信。

「喔！別拆——」

美蓉要阻止他已經來不及了。

「放心，我不會讓她發現的，喏！」

馬順得意地抽出淡藍色的信紙，他的專業技術，使信封保持完整，僅將封口輕輕用手指撥開，他又特別注意信紙的摺痕。

美蓉又皺眉：「別這樣，馬順，女兒長大了，她有她自己的天空，我們要尊重她，前幾天，她在向我抗議了，說你偷看她的日記，翻她的抽屜。」

「妳啊！就知道討好她，才高中，懂什麼？」馬順揮了揮手：「我是她老爸，有什麼不可以？」

「看你依然一副天霸王的姿態，喂！馬先生，你現在可不是保防室馬主任啦！抓匪諜的時代過去啦！」美蓉性起，鏟子一響，表示她已經開始生氣了。

「好好好！」馬順很快的瀏覽過去，是小怡過去的同學寫來的，內容都是小女生的芝麻綠豆事。小怡的同學多，新的、舊的遍佈南北，每當搬一次家，就認識一些，結交一些，小妮子太單純，總不聽話，很輕易地就將新家住址給人家，這房子也才住進來一個多禮拜，就有來信了，未免太不小心，蓉卻一直寵著她。

——得了，再搬家，我都快得搬家恐懼症了。

除了妻子的埋怨，小怡也在週記中透露心中的疑惑，爲什麼爸喜歡搬家呢？

這個問題也引起陳大夫的興趣，他說：搬家癖與自閉性格有關，是一種安全感的追尋。這症狀，還是他從醫以來首度發現的個案呢。

馬順十分後悔把心中的結坦開來，他告訴醫生，不搬家，便不得安寧，那些人會來找他，不是送紅包禮盒，就是黑星武士刀。

這讓陳大夫驚愕不已。這麼危險啊？他駭歎。

馬順把自己的職務告訴醫生。保防官員對匪鬥爭，肅清內部的重責大任。

——哦，多可怕！竟有那麼多匪類啊！

陳大夫的角色轉換，他頹靠在皮椅裏，沉思半晌，忽而霍然頓悟，哈哈一笑。

——馬先生，你對台灣竟這麼缺乏信心嚒？你害怕被追殺，哦！這是環境錯置的反射啊！你抓過多少眞正的匪諜？哈哈！匪諜就在你身邊：這魔咒果眞厲害，叫人心驚膽跳，草木皆兵：你的病因在此！

一席話，哪裏是什麼診療，簡直是教訓，這異端邪說不也在一些偏激刊物出現嚒？馬順因此認定：陳大夫有問題。從此不再踏進診所大門，蓉爲此氣得咬牙，連忙向陳大夫道歉，她不敢確定丈夫是否對人家有什麼不禮貌，或是戴紅帽之類的言詞。陳大夫可還是透過朋友關係介紹的，人家是留英博士，看病得預約排隊十天半個月才輪得到的。

有什麼了不起？

馬順嗤之以鼻，才不聽什麼佛洛伊德，什麼精神官能症的。

妻子端出飯菜，見他默默坐在沙發上，眼裏一片空茫，似在眺望遠方，又似失了魂魄的張著眼瞪牆壁上的壁虎，叫了他：「馬順——」

她有些過意不去，臉上閃過微笑：「吔，好啦！女兒長大了，確實我們要尊重她一些，否則，唉——」

馬順回過神來，哦哦的恍然聽到妻子的話：「什麼？沒有啊！我沒有怪妳，只是，妳別一天到晚聽那些什麼心理醫生的鬼話。」

「就是因爲女兒長大了，我們才應該更關心她、保護她，外面，壞人那麼多。」

馬順的臉有些慘白，當他講到「壞人」時，不由得挺胸一悚。

「是是是，長官，吃飯吧！」蓉搖搖頭，苦笑。

「我不想畫了。」他舉筷扒了口飯，覺得無味，把碗放下：「那池荷花全死了。」

「喲喲，跟你老婆撒起嬌來了。」蓉看著他：「馬順，你到底怎麼回事？什麼都不起勁——」

馬順慘然搖頭，髮髭鬆亂，一蓬灰白從額頂飛出，「我是，我是……唉！」他掏出打火機，「我都討厭自己了，眞眞想燒掉自己算了，算了。」他的頭垂到胸前。

妻子忽然溫柔地從椅後抱住他的頭顱，低聲：「噢！馬順，別這樣，別這樣，一切都過去了，沒事的，我知道一切都沒事的，我眞的、眞的不在意，你畫不畫沒關係，你別把畫畫當眞，我不要你有任何壓力。」

蓉幾乎是半哄半餵他吃了半碗飯。

小怡補習回來，看到茶几上的信，高興地跳了起來，卻馬上質疑：「誰拆了我的信？」

馬順從報紙新聞中，猛的驚醒：「沒有，我沒有！」

「有！有！有！」女兒緊緊盯著他：「我就知道有，爸，你的臉上已經寫出答案了，我就知道、就知道——」

馬順放下報紙，訝異女兒的指斥，囁囁的：「誰說，誰說的……。」

還是妻子解了圍：「沒有，小怡，沒有人拆妳的信，別亂告人。」一邊眨著眼睛，示意女兒別再鬧了。

馬順站起來，憤憤地說：「看妳們眉來眼去，分明是串通好了，陷害我！」

他用力關上房門，躲進自己的天地，只有幾本書的書房裏，就靜靜坐著，生氣、喘息，他知道妻子不時在門口傾聽房內的聲響，女兒正在看電視……。

蓉和小怡出門了，屋子裏，又是空蕩蕩。

天陰雲暗，光線差，室內顯得黯沉沉的。

馬順鎖好門窗，發現自己有些昏眩，鼻塞，還咳嗽，許是感冒了。昨晚，一場激烈的廝殺，蓉快樂地呻吟著，自己也一下子癱了，忘了蓋被，裸了一夜，當然要著涼了。

妻女上班上學，屋內的收拾工作，自然落在他手裏。馬順把屋子裏的燈，全部打開，他喜歡那亮。床褥上，猶有戰事後遺落的毛髮，他一根根撿起，綯亂的枕巾被單猶存溢著兩人的體味汗臭，他不禁俯趴下去，深深地呼吸；哦！多久未曾這麼歡暢了。馬順抓著毯被，把自己埋覆進去，吸吮著微甜些酸帶鹹如酵母乳液的氣息，再次感受那顫抖的快感。

昨晚，當他把自己關在書房裏，取出那支存放箱底，用紅絨布套裝的尺四成仁劍，細心地擦拭著，一不留神，那鈍去的鋒刃，竟閃電般豗開手指一個口子，血滲出來的時候，他忽然昂然起身，感覺有一股燙熱的氣流，自頭頂灌沖向身體四肢，他全身沸騰般湧動起來。啊！那是浩然正氣呵！

浩然正氣！

馬順撫著劍身，手指猶痛，血的味道甜中有鹹。他握住鏤著獅頭的柄，發現銅綠掩蓋住鍍金的顏色了。他像個精工的劍匠，開始拭擦著這把父親傳承給他的劍。

蓉來敲門，見他滿臉通紅，以爲他還在盛怒中，眼睛瞟著短劍，有些擔憂地望著他。

馬順霍然欺身上前，一手朝妻子脖頸反扣，一手持劍抵住她的胸口，駭得她大叫一聲。

——哈哈！

妻子見他是玩笑，氣得踩他一脚。

蓉不願再聽十、百遍相同的故事，關於成仁劍：五〇年代，父親從東山島突擊歸來，帶回幾個彈孔，以及碎裂的膝蓋，他的成仁劍沒有用上，然而，老人家信誓旦旦，他在戰事潰敗之際，舉劍自戕，被同隊的夥伴救護上船，在馬順考上軍校，報到之日，老人家莊嚴地把這把凝血忱忠貞的成仁劍，交付給他。

蓉摀著耳朵，嬌嗔著丈夫的不是。

上床後，妻子竟熱烈地需索著丈夫的身體，他努力的迎合她。自從，馬順被診斷患了精神官能症，他在床上就一直萎靡不振，手脚發冷，任蓉百般挑逗，也是枉然。

——呵！馬順，你，好了吔！

妻子喘著氣讚美著他。

浩然正氣，浩然正氣……。

馬順口中默誦，加緊動作。

啊——

馬順從甜美的歡暢中醒轉過來，忽忽觸及自己溼漉的內褲，有些懊惱：最近老是失控，不是緊閉，提不起勁，就是一發不可收拾，糊塗傾洩。昨夜，倒是十分美好。這是怎麼回事？他問自己，眞病了嗎？他一直不承認自己患了什麼大不了的病：病，是敵人加諸在他身上的陰謀。他認爲。

他從床上爬起來，開始清理粧台上的塵埃，他發現黃色小螞蟻正從圓鏡上分列而過。喔！粧台上一瓶綠盒糖漿藥水，可不正聚了密密麻麻的蟻羣。

馬順按燃打火機，黃柔的火舌立時噴射出來，那些螞蟻有的焦死，有的被他的手指揉死，少數逃竄。

綠盒裝糖漿，竟是報上廣告的恢復男性魅力，重振雄風，增進夫婦恩愛的口服液。

馬順回想著，昨晚臨睡前，蓉遞給他一杯味道有些不對的水……。

他抓起黏著蟻屍的藥盒，朝窗外丟出。

是啊！

馬順喃喃自語：是啊！

一切都有了答案了哇！

蓉最近待他，陰晴不定，是多麼可疑啊！豈僅是藐視，豈僅是不屑、侮辱。伊在床上，是那麼激亢，伊不只一次地需索著他（伊讓他要求伊，其實，是伊要他）。這個女人有問題，是的，有問題，伊的需索、熱情，其實是一種補償，一種愧對丈夫的表示。馬順手腳冰冷起來，他拍著額頭，叫著：天啊！

天啊！

早該想到的，很簡單的推理，就求出答案了啊！

蓉有了婚外情。確定！

馬順再次欽佩自己的追追追，靈敏的心思、智慧。

那個女人的情人，可能是畫荷的那傢伙，可能是陳大夫。可不是嘛？她處心積慮地帶他去見他們，把他的缺點坦露無遺，讓他們看準他的弱處，對他攻擊、攻擊再攻擊，讓他陷入流沙般的處境，無以自拔。他按著自己的手指，關節叭叭響，於是，戰鬥的意志即時充滿全身。

於是，馬順冷靜而仔細地搜索著屋內的每個角落，讓所有的可疑浮現出來。

首先，他發現畫家（狗屁）的名片，一朶荷，以及得獎紀錄，畫室地址，正反面都有那傢伙的手澤、簽名；馬順擊掌，悟及彼時蓉對那傢伙的媚笑，以及反駁丈夫的批評。這就是證據囉！他悲傷而興奮地歎了口氣。

其次，他在她的抽斗裏，看到一張陳大夫診所的處方箋，上面龍飛鳳舞著的字形使人不悅。那看起來像日本人、留著短髭、有個小肚子的傢伙，他的斜體英文，好似藥方，又不像；這，可，能，是他們的短箋，聯絡的訊號，或是某種情愛的信息，要不然，蓉何必費心保存得那麼好，還用粉餅壓著；馬順再次悲傷而興奮地噓歎一聲。

他把所有的燈熄滅，同時拉上窗簾，讓自己沉浸在黑暗裏。

巷子人家聽到屋內不時傳出男人的吼叫、悲痛沙啞的聲音，有時竟是類似女子遭棄的淒泣、哀哭，有時又變成狂笑，或者自言自語。

馬順聽到門鈴一長二短的鳴叫，才從裏面的電眼看來人：是蓉下班了。門外有聲音，是蓉：「就是這樣，搞得我也緊張兮兮的，連門鈴信號都要變來變去的，害我和小怡一天到晚傷腦筋。」

「嘿嘿！有意思。」男人的聲音：「像軍中的衛兵口令，每天換，才能辨別敵人或自己人。」

馬順十分厭惡妻子在別的男人面前批評丈夫，這是比諸淫惡的敗德行爲。而那男人磁啞的聲音，格外叫人起疑：莫非，蓉公然把情人帶回家，示威？

他磨蹭了半天，才決定開門的手續，首先是上、中、下的子母扣，再是紗門、玻璃鋁門、不銹鋼鐵門，最後才是大門。

他躡手躡脚，盡量不發出聲音，倒要看看門口的狗男女在幹什麼勾當，也許是大膽狂徒送情人回丈夫的家，也許……，一念至此，馬順猛力拉開門扉，蓉和那人驚駭張眼，被定身咒定住似的。

「呼——馬順，你要嚇死人啊？」蓉把手上的紙包交給他：「看我帶誰來看你——」

來人一個箭步向前，當胸一拳：「他媽的，馬順，不認識我了，李台生啊！哇操！」

馬順楞了半晌，也想起李台生的名字：「哦，哦，李台生，是是！」他讓客人進入玄關：「哦，對不起，有些事忘得特別快，啊！我差不多都忘了。」

「另外還有吳台寶，他在停車馬上上來。」蓉取了拖鞋。話未落，樓梯口的脚步聲乒乒乓乓，上來另位男子。

「吳台寶，喔！阿寶——」

馬順伸手，握住對方。

「你他媽的，天涯海角四處飄，當了大官就忘了老同學，呵！今天要不是在來來碰見嫂子，就不知何年何月才有你的消息。」李台生說：「不容易啊，咱們復國新村的老弟兄，今天晚上藉著尾牙相聚，唉！你沒到，多可惜，大家夥唸著呢！」

「就是，就是，老小子你敢情都沒有接到通知，每年一次啊，場面一年比一年大，話題一年比一年多，大家的孩子也長大了，今年，我們討論的主題是成立復國新村文教基金會、獎學金呢！」吳台寶接著說：「有意思，嘿嘿！想想過去十四、十五少年時，咱村子裏的飛哥飛妹們，呼啦呼啦胡搞瞎整，打架、抽菸、偷挖台客的地瓜田……哈哈哈，今天，大家都還在談，也談到你呢！」

蓉爲來客各沏一杯茶，馬順面前的是藥湯。

李台生眼尖鼻子靈，端起來：「幹嘛！喝中將湯啊，哈哈——」

「你還是一副猴子相，說你——」台寶笑叫：「剛人家大嫂不是說順子有病嗎？」馬順看了妻子一眼，這女人又把他的病大肆宣傳了。

「不算藥啦，補補氣，甘苣、當歸、黃岐、黑棗泡的，當茶喝，味道滿好的。」蓉說：「馬順比較容易感冒，喝了後，效果不錯。」

「嘿！這——可也兼具補腎啊！」台生說完自己笑仰，吳台寶和周美蓉也附和著笑，三人看馬順臉上不悅，才斂住笑聲。

「我們畫廊今天在來來舉行國際藝術展酒會，喔！一幅高更的《紅狗》，光保險就一千萬美金呢！不賣的，谷泰企業的王夫人連呼可惜，她不疼錢，前年還到蘇富比買了一個唐瓷花瓶，不貴，五十萬美金。」蓉又張羅水果，嘴巴沒有閒著，「才走出電梯，就遇見他們了。」也算向丈夫解釋巧遇老同學的經過，要不然他又要懷疑半天。

「藝術，嘿！我半竅不通。」台寶呷茶：「香，好茶。」他把自己挪近馬順：「順子啊，算算也十多年不見了，你怎麼樣？」

「沒怎麼樣，快死了吧！」馬順開了口，話中有氣：「天變了，我，他媽的，被歸類爲第一屆老民代了，上上個月被逼退了。你們知道了吧！」他的意思是周美蓉該已告訴他們了。

「不知道啊！開玩笑，這可是軍機大事，老朋友還在猜你什麼掛星星呢！」台生說。

「星，他媽的，滿天都是，卻都被烏雲遮住了。」他冷冷哼了聲：「沒有天理啦！」

「好啦！別談這些嘛！不愉快的事，幹嘛提。」美蓉也坐下來：「退了好，免得受氣。」

「操！我不甘心哪！」馬順血湧上臉：「老子爲國鋤奸有什麼不對？卻反被當做奸給除了下來。」

「不是啦！不是啦！」蓉說：「不是這樣的啦！人家長官是因爲你身體不好，怕你累倒病倒，哎！馬順啊就是想不開，他是太死心眼了，搞得身體一天天壞下去，自己也不自愛，在部隊裏昏迷過好幾次，進了醫院才發現，都已經——」她歎了口氣。

「他媽的，都已經要被送進太平間了，是不是，還有，更莫名其妙的是，那些人居然把我當精神病，操他奶奶的，他們才是神經病呢！」馬順掌拍茶几，震得杯蓋跌落，水液四濺。

「別激動，順子，我們最了解你。」台寶說：「很久很久以前，你就是一副拚命三郎的樣子，天降大任於斯人也，以國家興亡爲己任，置個人死生於度外，看見不順眼的，就非要幹個你死我活，對吧？」

「呵呵，你老小子，翻臉不認人、大義滅親的偉大氣魄，村子裏誰人不知？遠近六個眷村三所學校，誰敢惹你？對不對？」台生拍拍他的肩：「沒想到你這些年，還是老樣子，眞是狗改不了吃屎。」自認說錯話，掌自己嘴。

「他啊！」美蓉看了丈夫一眼：「老同學面前，我說眞話無妨的！」又在杯裏加了水，「在部隊這麼久，個性一點也不改，管他什麼長官同事，鐵面無私，案到面前，從不問交情深淺，就先來個『依法查辦』，有時，難免冤枉人，自己也下不了台，朋友、長官、同事一個個都變成敵人了，沒錯，誰都怕他，聽說，人家聽到他的名字就發抖呢！所以啊！他住院時，沒有人去看他，他退伍前，也沒有人敢請他客，退了就退了，單位裏連一塊紀念牌也沒。」

「操！那些匪諜，除了心腹大患，怕不連放三天三夜的沖天炮。」馬順正氣凜然：「這個時代，糟透了，有幾人眞在爲國家做事？我、馬、順！向來忠於黨國，無私無我。」他吟哦，嘴皮下繃，儼然文天祥扮相，老同學不禁肅然起敬。

「難怪你不甘心，幹！」台生說：「同學，你雖然沒有掛星星，我們仍以你爲榮。」

「也以復國新村爲榮。」台寶說：「明年的活動，你一定要參加。」

「慚愧！」馬順由衷的說：「以前眞忙，通知是有收到幾次，眞是沒時間參加。」

「嘿！你有苦衷啦，聽說，同學會之類的組織，你們搞保防的，都把這些當做非法組織？我倒是好奇。」台生說：「是這樣吧，凡參加什麼同學、同鄉、聯誼會的，都要受調查，是吧！？」

「對對！我有一個朋友很優秀的，高天雲，很有名的，會寫文章，有才氣，帶部隊又帶得好，台客，卻是一個喝軍中奶水長大的，很有希望的一個官兒，你認識吧？」吳台寶不勝唏噓：「可惜啊！」

美蓉插嘴：「喔！高天雲，認識啊！馬順單位裏的，我見過的……。」

馬順不讓他說下去，瞪她一眼，接口說：「高天雲，這個人有些問題，我跟他不熟，怎麼啦，他？」

「退了，眞是他媽的軍中的損失，怎麼搞的，馬順你們都沒替他搞清楚，就讓他含冤而退啊？他只不過被什麼協會列名會員，就不行啊！」

馬順瞇著眼，瞄著吳台寶，裝作微笑：「他冤，誰不冤啊？我才冤哪！」

高天雲！該死的傢伙，眞是陰魂不散啊！

馬順咬著牙，暗忖。

高案當然是在他手上辦的，這個不識相的傢伙，優秀什麼，一天到晚在掌聲裏忘了自己姓啥名啥，意氣風發，不可一世啦！眼看就要竄升上去，說不定有朝一日爬到他馬順頭上。沒想到郵檢時，檢查到一封「非法組織」的信函（管他這組織有否向內政部申請！），收件人是他，高天雲，這還了得，軍中的幹部，怎能參加外面的組織，還是發起人哪，想搞小組織叛國叛黨不成？當然不能姑息養奸，專案嚴辦，沒有處分他，就已經是皇恩浩蕩了，後來退了伍，自找的，有什麼冤啊？這事，上面也嚴重關切，他義正詞嚴，不改立場，長官終於同意他的簽呈……。

哦！

馬順又有了新的推理發現。

高天雲的案子，和他被逼退有關吧！

聽說，高退役後，立即被重金禮聘到台中某文化公司去當經理了，也在報上寫了幾篇退伍感言，頗引起重視。

去他的，高天雲……。

「什麼？」李台生一臉狐疑看他：「你說什麼？」

馬順笑了笑：「很久不見了，眞高興。」他發現美蓉——這不貞的女人，又用眼神和他們交談了。

「是啊！」吳台寶說：「好像有講不完的話。」

「這麼久，就你們兩個同學來看馬順呢！」美蓉說：「如果不是我遇見你們，怕一個也沒有。」

不稀罕：馬順在心底說。

「同學一票子倒是常提到小順子，喔！對了黃狗——你記得吧？」台生問道。

馬順一臉茫然。他卻暗忖咒著：就知道那傢伙會掀我的底。

「黃振國啊！現在開市公車的同學嘛，怎麼回事他說你不給他面子，什麼時候吧，他去部隊看兒子，他兒子就在你的單位服役是吧？聽他說你讓他等了三個小時，他還是沒見到你，他兒子只因爲看了一本什麼周刊，就被修理了，禁閉之外還禁足，有這事嗎？」

「這個人啊！」美蓉無奈的笑了笑，意思是確有其事；馬順得意洋洋告訴過她的，該殺就殺，沒什麼好客氣的，管他誰兒子，反正自己又沒兒子。

「我忘記了。」馬順裝作無辜的說，臉可紅了。

「他還說送了一籃蘋果給你，被你的傳令兵退還，他倒是欽佩你一介不取。」台寶替他解窘。

「上樑不正下樑歪。」馬順吸了口氣：「我他媽的專矯治歪樑，連那個大小通吃現任指揮官的留將軍都怕我三分。」馬順不免氣壯山河。

「還說呢！你呵還不是禁不起人家左一聲馬弟弟，右一聲順哥哥，投降了，對那個人，你根本沒轍，明知他……。」美蓉的話被丈夫突然脹紅的臉色梗住了。

「妳懂什麼？」馬順粗聲喝道，卻馬上和緩的自我解嘲：「那人他娘的，我眞把他當兄弟，沒想到在我被逼退時，非但不幫忙，還奏了我好幾本，落井下石，這輩子，就看錯這一次。」他斜睨著妻子，她不該洩露這事的。

「便宜他了。」台生裝作同情。

「也沒有！老子我也不是省油的燈，我在他的資料上也寫了好幾筆，看他有什麼造化可以消掉那些紀錄，兄弟我沒別的本事，就有這等功夫，呵！」

「太可怕了你。」台寶笑道。

「所以嘛！誰也不歡迎他。」

顯然，美蓉故意洩他的氣。他又瞪了她一眼。

「這樣吧！爲了慰勞功在黨國的馬主任，小民我等今晚請您賢伉儷去泡個三溫暖，然後KTV一下下。」台生說。

「喔！不不不不，那種地方——」馬順立即搖手。

「死腦筋到極點。」美蓉笑著，扁扁嘴：「我不是告訴過你們了嗎？他連我公公去探親，都怕得要命，哪敢去那種地方？」

「我們去抓匪諜。」台寶笑著：「見識見識啦，怕什麼，你又不可能升官了。」

「他最恨人家去什麼卡拉OK、MTV什麼的，你們不知道啊，馬順也認爲『好人不會去那種地方。』。」美蓉加油添醋，頗令馬順不悅。

「順子，走啦！」台生慫恿著：「去看看，開開眼界，也許你的病會好些。」

「就是，醫生說他就是太緊張、焦慮。」妻子說：「怎麼吃藥怎麼勸就是硬梆梆。」

「硬梆梆，哈哈哈……」台寶笑得更是忘形：「大嫂感受可最深刻，哈哈……。」

美蓉發現自己有語病，出手要捶人家，被馬順的眼色阻止，他暗叱：輕浮！

「好！我去！」馬順站起來。

馬順有些遲疑，終究還是脫了衣服，他發現騰騰的熱霧中，一具具或精光或裹著毛巾的軀體，環肥燕瘦，比他的身架好不到哪裏去，旁邊的李台生猴樣不改，年輕時綽號小猴，現在仍是瘦巴巴一副老猴樣，台寶則是一顆圓滾滾的啤酒肚，連彎腰都有問題，不知他在床上是何模樣？想到這裏，馬順欣慰的笑了。氤氳模糊的鏡影裏，他看到自己稍瘦的臉龐，鷹隼般的三角眼，骨稜稜的小鼻子，薄而白的嘴皮，雖不俊亦頗有可觀，再往下欣賞，胸扁而肚厚，下肢略短，搭配得有些怪異，卻也習慣了。

熱水池裏，人家悠然享受著蒸氣熱度。

李台生他們在向他招手。他微側身，使下體不致太暴露，那是他比較自卑的地方（他咬著牙，收下顎，一手在下腹處，一手橫胸，防禦的姿態）。

躍入池中，那熱立即襲湧上來。

啊！啊！馬順不禁呼叫起來：燙，令人抖索的熱度炙著他白皙的肌膚。

他慢慢地在水的微波中，上——下——上——下——，使自己的身體在水與空氣中，漸漸舒張開來。

馬順看到鄰池的人，閉眼、沉醉的樣子，在漣漣的水紋與飛湧的煙氣中，那人的身影有種折射後彎曲的效果，以致胸部以下好似扭曲飄浮著，比較明顯的是胸口至腹部，那叢茸茸的黑毛。

他也學人家閉眼，悠游。卻不時用瞇的眼睛餘光，窺探附近，並有種偷竊得手、偷窺的快樂。

他忽然發現自己的下體，像一株失色的空心菜梗，在水中飄浮。

他感覺自己像水中的植物，任水熱蒸騰，身上的肢節浮、飄著，一種失重的暈眩淹進身體，他無力的、無力的揮不動手、脚，他呻吟起來。

「嘿！」老猴子忽然從後面竄出來，拍著他的肩膀。

馬順瞇著眼朝他微笑。

「呦！順子，醒啦，抛起媚眼哩！」李台生揮手招吳台寶：「瞧瞧順子，像嗑了藥的忸怩！飄飄欲仙。」

「你不泡冷水啊？」台寶潑水掬臉：「當了那麼久的官，怕冷啊？」說著自己躍入冷水池裏。

李台生幾乎把他從熱水裏撈起來，又將他推進冷水池裏。

「哇！」馬順驚叫。

他抱胸、抖索著、抖索著。

吳台寶教他搓身，他仍抖著抖著，抖不停。

「幹嘛？起乩啊？順子——」

兩人看馬順不對勁，忙一左一右將他攙上來，引得不少人注視。

馬順在熱水裏又泡了一會，猛打了幾個噴嚏，決心離開這冷熱兩極的地方，兩個老同學拗不過他，只好也陪他起來。

「我要回去了。」馬順慌慌張張抓了衣服，他發現自己完全暴露。

「別忙！順子，不想傷風感冒的話，留下來幾分鐘。」李台生圍上大浴巾，吳台寶則大刺刺裸體走向他。

他們帶馬順進入房間裏，要他趴下去，兩人也分左右躺下。

有人進門。

馬順一躍而起，又被他們按下。

進來的竟是圍著浴巾的女郎，笑盈盈。

「順子——」李台生說：「放鬆點嘛！」

「等你嚐到甜頭，就知道人生多麼美好。」台寶說。

女郎跪在馬順背後，開始輕輕地搓打著他。

「哎喲！」馬順不由得叫起來，逗得其他人都笑了。

女郎的力量，由輕而使力，搓、揉、按、拍、打，並把搓下的泥條給馬順看。

「怎麼這麼多？」他問。

「你啊！順子，全身內外都是灰塵。」李台生說：「舒服吧？」

他點點頭，並輕輕呻吟。

女郎的手，在他身上四處游移，馬順聞到她的汗香，以及女體散發出來的熱，他微張開眼，看著她半露的胸脯，微微的喘著息。

馬順忽忽驚覺自己的手，正環著女郎的腰，她正貼著他，努力使他亢奮。

他推開她，卻覺得無力，而兩邊的李台生和吳台寶不知什麼時候，竟不見了。

「他們到隔壁房間啦！」女郎在他耳邊輕輕說，並呵著熱氣：「你不要嗎？人家已經替你付過錢了。」

「哦！」馬順握著拳，並開始展開厮殺。

汗、喘息、以及顫抖……。

馬順走出房間時，李台生、吳台寶已穿好衣服。

「最佳損友。」他的臉熱熱的：「陷我於不義。」

「這就是解放的滋味，順子，你啊！別一天到晚緊張兮兮，弄得嫂子也心神不寧。」李台生開了車門。

「別怕，沒有人會告你密的。」吳台寶說：「嫂子可是全權賦予我們的。」

「她如知道剛剛——」馬順搓著手。

「放心，回去不會蹺計算機的，我向嫂子報備過了，她雖不置可否，卻是默許了。」

李台生減速，前面路口閃著紅豔的警車號誌，路邊有荷槍的憲兵、警察。

「我操！」吳台寶往後一躺：「天下本無事——」

車子果眞被指示路邊停車。

「怎麼辦？」馬順瞪大眼睛，額頭冒著汗。

「嘿！虧你還是上校主任。」李台生把車窗搖下，對憲兵說：「衝啥小？三更半暝，無聊啊！」國語台語嘻笑怒罵，還是乖乖繳驗駕照、行照。

「嗯哼！」馬順挺挺胸，朝那探頭入車門的憲兵軍官說：「我是××單位保防室主任馬順上校，上個月剛退伍，嗯哼！」

軍官看看他，揮揮手，放行。

「呦！餘威仍在嘛！」吳台寶豎著大拇指：「下面一個節目，KTV，OK？」

「OK！」李台生說：「今晚讓順子開開眼界。」歎了口氣：「就討厭那些無事忙的傢伙，又去搗蛋，什麼十二點、三點的，好在老子我有門路。」

車停巷口，三人步進店廊，馬順張望四週，十分機警的樣子，逗得猴子一陣嘻笑。

「幹嘛呀！間諜對間諜啊？」

「匪諜就在你身邊。」吳台寶也不放過揶揄一番。

李台生先在外面打了電話，那道深鎖的鐵門才露出一道罅隙，三人低身潛入，又過了一道厚重的門卡，吳台寶側身掀開黑色的布幔，裏面黃亮的燈光刹然嘩亮，馬順摀住耳朵，那隱約的歌聲，竟是嘶吼著的吶喊。

他們進入廂房，馬順對點歌可是外行。

「嘿！有沒有『保密防諜，人人有責』？」李台生對服務生笑問，「我這位朋友只會唱這首歌。」

杯酒下肚，兩個同學分別對著螢幕又唱又吟了幾首歌，馬順覺得索然無味，雖也跟著哼，卻連了幾個呵欠，藉著上廁所提神。

「啊！」他用力：「啊！」尿液艱難的擠滴下來。

不祥與不安的感覺立即淹沒馬順的心頭，他覺得痛，而且有些腫。

「哪有這麼準的？」李台生說：「我他媽的每次去，也沒中過鏢啊！」

「中獎啦？」吳台寶問：「不會吧！你太過敏了吧？不可能的，小咪的紀錄一向很好，要是眞的，我他媽的去找那老闆算帳。」

馬順噝著口水，他的喉嚨乾得要裂開。

「順子啊！我看你是想早點回家吧！」李台生站起來：「算了，算了，走吧！」

回家前，馬順先到附近的24小時便利商店買了兩顆消炎片吞下，然後，走到巷口人家簷廊下的公共電話亭，撥了一一〇，將剛才去過的三溫暖、KTV地址，以及逾時營業、兼營色情、逃避檢查的事實，向值班的警員，詳細地報告一番，並要求對方複誦一遍。

「喂！我告訴你，如果，你們、不去、取締，那我會很不客氣——」他低聲冷笑：「這通電話，可是錄音的喔！」

馬順滿意地聽到對方連聲「是是是」，他掛掉電話，張望街心，彷彿聽到警車急馳的聲音，那閃爍著的紅燈，正圍向三溫暖、KTV。他摀著下腹，碰觸著仍有些疼脹的下體，回家。

爲人妻的，居然對丈夫的晚歸，毫不在意，甚且還三番兩次鼓勵丈夫再出去走走（這個意義十分豐富的「走走」，包括散步、喝酒、女人、三溫暖以及其他的罪惡），她還塞一把鈔票給他，他則故意袒露胸前的紫紅印記，一個女人的吸吮痕跡，並告訴她，需要買消炎片來抑制下體的腫痛，而她只輕笑，還有些欣慰的睨他一眼……。

馬順想著蓉最近的態度，更加肯定他推理的結論無誤；可不是嗎？她讓他外出，去品嚐一個中年男子對婚姻之外的鮮味，藉以減輕她自己的外遇的罪惡，並掌握他的行踪種種（從她可以打電話到酒廊找到他得到證明），她將使他日後無法提出嚴厲的指控。

這些臆測，終因旅行社的電話，而使馬順有了更有力的證據。

旅行社的電話說：周美蓉小姐飛桂林的行程、機票，都已經安排妥當，請她放心。

桂林！

馬順用力掛上電話。

多麼熟悉而令人痛心的地名，距離他的故鄉陽朔才幾十公里，山水天下，是父親魂夢所寄的地方。哦！馬順跌坐在椅子上，痛苦地叫著；他努力想抹去父親臨別時的形影。

想到父親，馬順心窩乍痛。

他用力捏著手指；當父親告知他，決心回陽朔定居時，他正在處理一件「與匪秘密通信」的案子；有一位中級幹部，在解嚴之前，便已和對岸的父兄秘密通信，非但不報備，在調查的過程中，還堅不吐實，而那傢伙的父兄，在對岸皆是高級幹部，因此，有「通匪」之嫌。

——不行。

馬順怒吼著，彷彿對待部屬。

父親低著頭，下巴上稀疏的白髭，垂到胸前，他的機票、行李都已經打理好。

——你做你的大官，老爸回他的家，誰能阻止他？

馬順挺胸，爲父親辯護。這個忤逆的同父異母的弟弟，一向對他不假辭色。他終於陪著老父回鄉了。

莫非馬善仍和美蓉暗通款曲？馬順幾乎要把手指關節按碎。答案：當然。他咬牙告訴自己：是攤牌的時候了。

原來，美蓉的陰謀如此如此周延啊！

馬順擊掌，全身發抖。

這女人居然要去桂林，和曾經是「同學」（這二個字格外教人起疑）的馬善相會。

發現馬善圖謀不軌，是在小怡出生不久，他遠從金門返家時，看到自己的弟弟，和妻子嘻哈打鬧，毫無規矩時的警覺，加上小怡不讓他抱，卻在馬善接過後便停止哭聲，令他難堪不已，小怡聞慣了馬善的味道，且對之咦呀著喊「達達，達達」，分明是「爸爸」的諧音，而一向放蕩海員生活的馬善，那麼巧合的在美蓉生產前後半年賦閒，父親向來不管他，母親則要他勿要多心。

他堅持搬家。並隨著職務，一搬再搬，且再三向上級陳情，免調外島。美蓉在學校時，便是鋒頭人物，同校的馬善，則是公佈欄上記過單上的常客，兩人互不往來，縱使在馬順結婚後，也少有交談……。

這段回憶，令馬順皺眉頭痛。他們早已秘密存在著的某種情愫，竟隱瞞得如此嚴密。他屢次搬家，從不通報家裏的。而馬善這浪子，多少年來沒有他的消息，像海上的雲，飄來飄去，只聽說他曾經在開普頓的夜總會，以一瓶香檳做見證，和當地一個吧孃結婚，卻在開航之前離婚。這事從船公司職員口中傳出，父親氣得破口大罵，整個眷村都知道這事。他連母親過世都沒有回來，說船在印度洋遇到風浪，回來時，母親墓上的草都已及膝，他連一滴眼淚也沒掉。

這樣的人，變成他的敵人，且和老父站在一起，違抗著兄長。這令老父憤怒揮杖笞打的逆子，失望、絕望透頂的孽子，如今，成為老父的依靠，以及他妻子的情人！

兄弟為敵，並不難堪。

馬順想到以前，那口口聲聲馬老弟，甚而酒後相擁吐衷腸，要為馬弟揷刀兩肋，永遠支持馬主任的留先生，以及那些方臉濃眉肥肚的長官們，甚至圍繞在他身邊，怕他、防他的幹部、部屬們，一一與他形同陌路，也不難堪（有時是一種痛快）。

然而，妻子的背叛，孰可忍孰不可忍!?他問自己。

——噢！

馬順抬頭，看到壁上那幅荷花舊畫，妻子與他在訂婚彼日，在植物園寫生，兩人共同的創作：並蒂蓮。幾度搬遷，美蓉有棄物狂，他可不容許這幅畫丟入垃圾筒，折騰來去，這幅畫不曾丟棄，美蓉倒是嫌惡得很，不再讓它掛到客廳，只好挪到他自己的天地裏；書房的牆，從此，便懸著漸漸失色的蓮，美蓉極少進來掃理，蓮的裱面積澱了一層薄黃的灰塵。

馬順踮腳，他猛力扯下似已枯死在塵垢中的蓮，摔到地上。

他聽到自己的哭聲。

門外，是微喧後的靜。

他掏出打火機，引火焚畫。

「馬順，馬順，開門啊！」是美蓉的聲音。

「爸——」小怡哭叫著：「爸，別這樣，房子會燒起來呀！」

「你瘋了你，馬順——」美蓉用力撞著門：「你不開，我要報警了！」

「爸！爸——」小怡嚎啕。

「馬順，別丟臉啊！」美蓉吩咐著小怡去叫鄰居來幫忙。

火並未燒大，那幅荷卻只剩焦黑的畫框。

馬順在鄰居進門之前，撲了火勢。他冷冷地拒絕那些多事的傢伙，他們其實也只是觀望，幸災樂禍的成分大於同情，他想。

「馬順，你幹嘛!?」美蓉遞給他水：「別嚇人啊！」

他看著瑟縮著的母女。

「妳——」馬順吸著鼻子，吐了口痰：

「我還要問妳幹嘛？」他笑：「別以爲我是白癡，妳在搞什麼鬼，沒有人知道。」

美蓉瞪大眼睛。

「要走，小怡也帶走，她根本不是我的女兒。」

說這句話時，馬順得意又悲哀地又笑又哭了。

美蓉開始抽泣起來。

她沒有否認、沒有否認。馬順抹了把臉，那個女人嗚哦著哭了，承認了吧承認了吧！莫怪小怡從小便不親近他，見到馬善倒是又愛又嬌的，莫怪啊！馬順以拳擊桌。

「你在說什麼？馬順——」抽嗒著的女人仰臉問道。

「我說，桂林有人在等你們母女，行程都安排好了，請放心吧！旅行社的人要我轉告你。」他喋喋的笑著。

「你知道了？」女人愕然。

「周美蓉，搞清楚，老子是幹哪一行的？」馬順站起來，「妳瞞得過我嚒？瞞得過我噓？」

周美蓉止住哭泣。好個演技派，馬順冷笑。

「原來你早就知道了。」美蓉跌躺在沙發上：「我還擔心你受不了打擊。」

「呵呵！」馬順慘慘的笑了。打擊，被遺棄的打擊，被背叛的打擊，敵人的、朋友的、兄弟的、妻女的打擊……。

「妳可眞慈悲。」馬順狂喊：「走啊！走啊！去去去去去——投共啊！」

「爸！」

馬順甩開小怡的手。

「你看你看，還一副死樣子。」美蓉又急又氣：「我就知道，就知道你還是受不了的。」她再度哭起來：「我也難受啊！從病重、病危的電報，到上個禮拜，馬善打了電話回來，爸在桂林醫院過世，我就一直不知要怎樣告訴你，後來，李台生他們要我瞞著你，要我自己去奔喪，等事情辦好了，再告訴你，嗚……。」

馬順耳邊一片嗡嗡然，整個人呆呆立著。

「馬善說，爸也知道你退下來了；你住院的事，我也告訴他了。」美蓉又說：「他說，爸臨終前交代他，要勸勸你，別再死心眼，一切恩怨都過去了。」別再死心眼。

馬順咀嚼著這句話。

可不是嚒？

爸在臂上刺著「還我河山」和中國地圖的青痕，曾在他入伍前夕，醉酒之際，刺痛他的心窩，那把成仁劍也在彼時，豪氣干雲地交付給他。

滅敵復國！

那個晚上，整個村子都聽到父子倆激亢的呼口號和軍歌聲。

——反攻反攻大陸去……。

馬順又聽到妻子的話：「馬善又說爸念念不忘你，說你一定不諒解他；媽才過世一年多，就跑回老家，那邊人家也有夫有子，不可能再接受他，他求的不是那個，是家鄉的那份情……。」

「不要說了。」馬順頹然蹲坐下去。

「那邊捎了口信，你的親娘想見你——」

「不要！」馬順無力的，顫聲回答。

「我——要不要我再安排機位，我們一道回去？」

「不不不不不！」他搖著頭。

敵人。

馬順咬著牙，敵人在齒咬中碎了，一股血腥從他嘴角滲出。

他朝著浴盆吐出漱口的水，隱約血色。

美蓉還在說著馬善如何如何，他回到書房，把荷畫殘骸踢出去。

那把前幾天擦拭未了的成仁劍，仍斜斜趴在桌角，劃開手指的刃部上，一漬暗紅，是他的血。

他拏起成仁劍，奮臂上舉，像誓師的將軍，劍身隨他的腕勢扭動，劍尖如星芒，劃上了一道上挑的弧。

收劍入鞘。

馬順發現劍柄有些鬆動，入鞘的劍，重拔出來時須左右扳動才能滑順。

「馬順，你——」

美蓉張嘴，看丈夫一遍又一遍的試著甫磨光的劍刃，他手指上的口子滲出血汁。

「別做傻事，馬順！」

當馬順舉劍做勢刺出時，美蓉撲過去，短劍從他手中鬆落，柄身相離，掉跌地板，發出清脆的聲音。

那劍竟斷了。

馬順舔了舔指頭上的傷口，舌尖有些許腥甜，微鹹。

——原載一九九一年五月《聯合文學》第七卷第七期

飄泊與回家的文學

——觀察人生作家履彊

齊邦媛

用「鄉土作家」或「軍中作家」來稱呼四十歲的履彊是不夠妥切的。鄉土和軍旅經驗都有某種程度的限制性，同時也有形象與心態的矛盾性。由作品看，在寫作近二十年後，履彊已漸跨出這兩個範疇，走向「人生作家」的境界。

履彊少年離家，很早便開始以眷戀鄉土的孺慕之情寫鄉里人物的故事。他的成名作〈榕〉和〈鑼鼓歌〉，很成功地走著當時（一九七五至八〇年間）鄉土小說的熟路。那時的家鄉，榕樹已經老了，「根向下盤結，向地底；枝柯這麼茂盛，向天空伸，……由主幹分出多少枝柯，傳衍多少根椠，長出葉，結出籽。」（〈榕〉）。老樹下坐著白頭廝守的老夫婦，在送走了六個兒子中的老么後，面對空庭時祝願「這些從我母身扯出去的枝枒，長得好，發得盛，就好了。」在〈鑼鼓歌〉中隨著師傅老爹學鑄鑼的孤兒火土，在眼見赤手空拳建起的家業在大火中燒毀後，失神地坐在那被雷劈剩半的老榕樹下，唱他三十年前風靡四方的鑼鼓歌。……榕樹的蔭庇、雷電與大火等典型象徵手法自然不待多言，但是即使在這幾篇建構在城、鄉、新、舊衝突主題上的小說中，讀者仍可以看出作者擅長的恬淡筆調，藉它說明人生的死、生、散、聚各有契機。在惆悵追懷之餘仍著眼於宇宙間不息的生機，不需要以搥胸大慟的方式對日漸疏離的事與人作強烈的哀悼與控訴。這種淡淡的哀愁是許多台灣鄉土作品的特色，似乎間接受一些日本文學作品的影響，溶入本土素樸的風光中，自成台灣鄉土特色，其中還包含著不涉複雜意識形態的土地之戀。履彊作品中有很多直述的和迂迴的描寫，例如同時期的〈奔〉中，農村青年旺仔，在父母被野性發作的牛牴死之後，離鄉去作扛米的工人，有一天看到一大片草原，竟然會「像一隻牛似的趴著，……呆呆戇戇地，想那一大片樹林仔，那一片草園，如果飼著牛，飼著眞多眞多的牛……」

由於體會到這樣單純的土地之戀，履彊才會在三年後寫出〈楊桃樹〉和〈曬穀埕春秋誌〉這一系列的作品。在這些篇小說中，農村家庭兩代之間的路已明顯地劃分爲二。青年一代因讀書、就業而進城，男婚女嫁定居之後，漸漸地，農村已是個回不去的家。老年的一代，不願「被抓去關在籠子裏」去受公寓中兒女的奉養，選擇了留在家鄉，將庭院中飼養的雞、鴨、貓、狗當作子女，自然的風雨和陽光、樹下的濃蔭、鄰里的互助……處處都可自在。而面對都市叢林卻只感茫然無措。〈楊桃樹〉中的祖父母，在留不住由城市回鄉作蜻蜓點水式探視的兒孫時，竟在黃昏中攀樹，祖父在樹下，祖母在樹上，「興沖沖採著楊桃。……連夜挽下比明早露水沾溼要好吃，伊怕你們早時露水未散，……」兒孫在祖父當年賣楊桃汁的回憶聲中，「依著累累的菓實和茂盛的枝葉，抬頭仰望楊桃樹，以及站在上面呂老太太的身影。」

這樹上老太太的身影和〈曬穀埕春秋誌〉中一前一後抬自來水給兒孫煮飯洗澡的身影，繪出了迥異一般鄉土文學中衰老怨歎的老人的新型態。履彊所要寫的大約是農村強韌的生命力吧。這些上樹、抬水、犁田的老人，充滿了自信與成就感（都市人語法）。他們靠著雙手與大地的恩賜養大了大羣兒女，看他們離去自創前程之後，選擇留在家園，過自在自主的生活。既是自己的選擇，而非遭受競爭的淘汰，他們應是無何怨尤的。曬穀埕上喧鬧的雞鳴，高聲吠叫的大大小小的狗，延長了他們飼養者的角色壽命。當老人在埕場上撒穀餵食時，「給予」的滿足決非在城市公寓中受奉養者所能享受。這種自主自在的境界在另一篇小說〈兒女們〉中描寫得淋漓盡致。獨居的老父不僅把子女走後每個房間開放成牲畜的欄圈，對牠們噓寒問暖，而且在大雨中順著大圳急流去追他的幾隻鵝，一日一夜未歸家。這種喜劇性的「移情」極端行爲，在〈曬穀埕春秋誌〉中重現。老母親（也就是在〈楊桃樹〉上樹的同一人），因落水而病危，當兒媳已分了田產，進而覬覦她的黃金時，兒子們商議，「待老太太百日之後，將把老先生接至北部，由六人輪流贍養，每人一月，由於六兄弟散居台北，老先生將可享受吉卜賽式的晚年，這月板橋，那月萬華，此月北投，彼月圓山，今日士林，明日大直，來來去去，愛走東便向東，愛向西便走西。」——但是彌留狀態的老太太的眼睛竟然張開了，而且張嘴說話，伊的神色倏然清明，問：「你們要帶我去那裏啊？」老人的復甦，當然是象徵著強烈的鄉土生命力，是喜劇，也是一種抗議吧。

履彊將他懷念家園的小說（許多篇都是得獎作品）合集爲《回家的方式》（葉石濤評〈楊桃樹〉文中說它「可以說是一篇以新穎的觀念來探討農村出身的知識分子回到農村時的心路歷程的小說。這種主題也許可稱之爲「回家的方式」。）書名至少有兩點要義耐人尋思：一是作者是由回鄉探視的一代的角度寫家鄉；第二點是如何回家？回家後又如何？

多數回鄉的人，自覺或非自覺地是用都市的標準來衡量農村的生活的。對於農村的寥落、平淡，乃至「散漫」的生活步調已難於認同，童年的回憶也成了惆悵混雜著批評的複合情綜。面對著他們自己在都市養大的子女，樹上的楊桃、甘甜的井水、溪圳裏的泅游……都只是一些不能傳承的夢罷了。履彊的鄉土作品中也充滿了這些尷尬、不安、歉疚。陷身於事業、婚姻、子女的教育等等重圍之中，家園是愈來愈遠了，直到有一天，回不去了。

但是履彊的作品中處處流露著對父母奉養問題的關懷。他早期的鄉土作品如〈榕〉、〈青漢伯〉和〈鑼鼓歌〉中寫的是父母艱苦育兒的辛酸，到了〈楊桃樹〉等篇，台灣經濟已繁榮，漸入佳境的子女已有反哺的能力，但是已老的父母卻決定不離鄉就養，而留守家園。對於這個選擇所代表的尊嚴，履彊漸漸產生了超越主觀的了解與尊重，因此也能夠看到老人因依附土地而產生的樂天知命的喜感吧。他筆下的老人就不再似整天坐在廟口抽煙、吐痰，回憶從前……而上樹、抬水、沿圳追鵝、死了復活……全然不服輸地活著。履彊在聯合報七十年徵文，以〈楊桃樹〉獲得短篇小說獎時，他寫的感言，「沉鬱之外」即說：「我以為文學工作者執意渲染昔時農村的貧窮、哀傷、慘澹，對農村是侮辱、污蔑，沒有良心，不公平的，無益於世道，有害於文學。我以為愛心和眞實的體驗，要比信手拈來謔之諷之嘲之，博取讀者好奇，贏得外人對中國農村社會的誤解，要高貴許多。」

但是履彊絕不是粉飾太平的作者，對於鄉鎮的蓋廟拜神的心態，衛生環境之髒亂，選舉政見的缺乏實際理想……他時時感到心痛。在〈回家的方式〉自序，〈鄉關何處〉中，他更以深愛故鄉的心，希望廟中供奉的神能注意擺在供桌上的佳肴美味是否乾淨可食，更希望，神能下一道旨意：「世間人啊，衛生就是道德，遠離、袪除一切的髒和罪惡吧！」

今天的信徒既然敢用可口奶滋與雀巢巧克力供神，受供之神大約也能回應這充滿環保意識的後現代禱告吧。

履彊也常被稱為「軍中（或軍旅）作家」，因為他也寫了許多篇以老兵為題材的小說。他以台灣農村子弟從軍二十年的經驗下筆，深深地刻畫出外省老兵融入台灣農村的種種困境。六十二年的〈宋班長〉（收在《飛翔之鷹》集）大概是此類最早的一篇吧，這位訓練新兵「要有豪氣、骨氣、傻氣」的班長，「簡直把我們班上九個人看成他脚上的綁腿，一天到晚磨我們。」但是在嚴厲、粗糙的外表之下，卻有著一顆仁厚的心，對「老百姓」默默相助，拒絕與少女婚配，退伍後到台東墾地去了。這些年中，履彊不斷地寫老兵解甲歸田的故事，在所有的老兵身上似乎都看得到宋班長的影子，自一九七八年的〈蠱〉到一九八九年的〈老楊和他的女人〉，他似乎都在追蹤那些五十歲左右的老兵，他們退伍後的命運如何？他將對台灣鄉土深切的愛和對老兵心境的了解與同情融合在這些小說中，生動地寫出歸田的悲喜劇，與一般的浮面觀察大為不同，尤其值得注意的是他敍述方式的變化，各篇中的老兵都呈現一個新的面貌。隨著這些尋求「回家的方式」的異鄉人脚步，台灣的村鎮、山野和海濱也展現了更可親的景象。

〈蠱〉中的士官長娶了新兵的寡嫂，用退伍金買了塊田，「像一隻會耕作的牛」投入田間工作。即使在一切被妻子賭輸掉後，他仍日日守著屋後一畦菜，看到菜籽發芽，「那微小細嫩的一簇簇那樣溫柔的綠啊！透明瑩潔的綠苗啊！老郎舉起粗厚的手在綠苗的上頭小心的搧動，呵著氣。他兩膝兩手儘是畦溝溼黑的土，像在跳一支部落的舞，揮舞起來，……」對土地和生長的農作這般迷戀，實在是源出於家園的記憶，那被迫捨棄的家園……

收集在《我要去當國王》短篇小說集中，有三篇以老兵在台灣落戶的故事。〈兩岸〉中被砲彈削掉半隻小腿的江阜田的故事，有很大的代表性。他殘破的身心懸掛在兩岸之間。一端是大陸老家的元配，另一端是在台灣與他同甘共苦三十年的妻子。他在台灣「比任何一個村民都還認同這塊土地……他愛這裏，在這裏種田，流下血汗……」但是他也「永遠是江西省阜田鎮的人，他一直暗中在尋找回家的路。」他曾去香港與元配相見，但仍回來台灣定居，重病彌留時拊擁住畫著阜田溪細細地自東引入贛江的破舊地圖，「嘴角有一抹笑意，像滿足，又像尷尬」而逝。

〈信〉的中心人物是兩位戍守外島的老兵，一位來自東北，「他不認識字，甚至忘記自己眞正的姓名，只知道家住在遼寧的一個村莊，那村莊路口有兩棵梧桐樹……」十二歲時被擄去當兵，「從此天涯他鄉，忘了鄉關何處。他，四十年歲月，莽莽蒼蒼，如夢流逝，每天流連美麗的砂島，日夜望海，飲酒聽浪，徹底遺忘一切，卻又無能抹去心頭鄉思……」他的行伍朋友便常常寫信給他，信裏有時是一首歌，有時是一句詞，三言兩語，慰藉不少。另一位定居在海岸漁村的退伍哨兵，娶了村中少女，買了砂石車，替村人輸運建材，夜晚也去捕魚蝦，在此生子，子生孫，不再流浪了。他與來訪老友談到當年等信、造假信的友情與義氣……寫這篇小說時，履彊不再用平鋪直敘筆法，而以散文詩的方式將回憶夾在海島山村的景物中交代清楚，譬如他們回憶當年軍中趣事，總以「記得麼？」「當然記得啊！」「你以爲我不知道嗎？」作爲引子，直到訪者告別，定居的老兵由「家」中捧出鐵盒，裏面裝著的就是那幾封信。簡短地說，「看啊！這些信。」這樣以淡筆寫濃情，是詩人手法。

也是以散文詩的文字寫的〈老楊和他的女人〉將鄉土更擴展至太平洋海岸的草原。韓戰遣散自願來台的老楊，在行軍演習途中看到這塊山海之交的谷地，雖不及大陸故鄉「莽莽蒼蒼的原野那樣廣濶、美麗，卻總令人勾起鄉思的地方。」曾是北方一大片無際草原的牧者的老楊在此落脚，牧羊放牛，與他山地啞妻建立了自己的王國，「老楊是這片山野、海岸眞正的國王，而他的妻子，一個只會咿呀、笑、模糊著臉表示喜、怒、哀、樂的女人，是無憂的王后，」這種樂園式的景象被老楊回去大陸老家探親打斷，但是像大多數還鄉又回台灣的老兵一樣，「他掛念著山裏的女人和牲畜」，翻山、越嶺、涉水也要回到牧場來。——四十年的還鄉夢在現實中醒來，他發現自己已屬於台灣這片土地。對這個在他已殘缺的歲月中與他相依爲命的啞妻，他的掛念不止是恩情，還有軍人傳統中的「義」字吧。

老楊還鄉，去而復返，是半生思鄉的浪漫情懷的終結篇。這是多麼料想不到的「回家的方式」！這一些老兵，以一生的血淚換取了一個體驗：認知了自己在無情的歷史中的渺小與無奈；也慶幸尚能將殘生骨血融入這塊友善的土地。履彊以此胸懷寫老兵的故事，自然比純寫鄉土或純寫軍旅有更豐富的內涵！

履彊解甲後，似乎並未曾歸田。他和多數農村青年一樣，來到都市，也寫了不少都市文學作品，如〈遺棄〉、〈早晨的公園〉、〈女作家的夢魘〉和〈大師的夢魘〉等等，都是由一個純樸人生來看矯情、虛妄、猜忌的複雜人生。〈我要去當國王〉更進一步研討今日商業社會的庸俗、病態。他將情節置於一家名為「國王關係企業」所辦的「高級幹部研習營」中發展，目的是選拔未來的領導者。「我」總是在觀察，看到大家在鈎心鬥角，「我躲在廁所裏，偷偷地笑。」不停地用文字記錄甚至寫詩，「忙著欣賞衆生羣相」——而最後，「我」卻是競爭的失敗者，被派往東部辦事處坐冷板櫈。當「我」說「也許我可以成為一個出色的詩人，一個海岸詩人。」妻子問道：「詩壇有國王嗎？」我竟然說，「我沒有被打倒！我要去當國王！」

「國王」這個符號在履彊作品中常常出現，它對於歷經農村和軍旅生活，來到都市的履彊一定有獨特的意義，當然它寄寓在今日台灣的政治、經濟現實裏，充滿了嘲諷、輕視的含意。即使作者稱之爲「軍中傷痕小說」的〈荷花與劍〉和〈無常〉亦可歸入都市文學之列。軍旅世界和人間一切社會一樣，也常因傾軋與背叛造成人際的疏離、理想的失落。〈無常〉的標題和故事前後呼應。世事多變！這個身披道袍，手搖銅鈴，唸著超度咒文的法師竟是當年專做分化、誣陷工作的軍中保防員。這和那些推推擠擠爭取「國王」青睞的人，有什麼大不同？世事無常！這大約是走到人生中途的履彊又一層思索的感喟吧。但願腰板挺直的、以筆代劍的作者，仍秉著他一貫溫厚而不失敏銳的觀察面對人生！都市文學中需要很大的精緻文化，盼望履彊繼續寫一些描寫手製銅鑼（〈鑼鼓歌〉）和〈信〉與〈老楊和他的女人〉那樣藝術性圓熟的作品。

——一九九二年三月

履彊小說評論引得

許素蘭 編
履彊 增訂

說明：

1. 本引得，依發表或出版日期之先後順序排列，以一九九一年十二月卅一日以前國內發表者爲限。
2. 若有舛誤或遺漏，容後補正。

篇名	作者	刊(書)名	卷期(出版者)	出版日期
1.「榕」之印象	殷張蘭熙	聯合報副刊		一九七八年九月十八日
2.〈蠱〉簡介：農村變貌的透視	彭瑞金	一九七八台灣小說選	文華	一九七九年五月

3.農村變貌的透視——履彊〈蟲〉	彭瑞金	泥土的香味	東大	一九八〇年四月
4.回家的方式	葉石濤	聯合報副刊		一九八二年九月
5.綠樹濃蔭一院春	沈萌華	台灣時報副刊		一九八二年九月
6.軍人魂與鄉土情懷——試析履彊的小說內涵	彭　凰	新書月刊	七	一九八四年四月
7.混同，出路？——〈兩個爸爸一個媽媽〉評介	唐文標	一九八四台灣小說選	前衛	一九八五年二月
8.海市蜃樓——讀履彊《回家的方式》	鄭明娳	文訊	二七	一九八六年十二月
9.評〈老楊和他的女人〉	黃　凡	海峽小說	希代	一九九〇年五月

履彊生平寫作年表

履彊　編
方美芬　增訂

一九五三年　1歲　出生於雲林縣褒忠鄉，時為清明，序行第五。

一九五九年　7歲　受業陳眞老師，喜國語文課程。

一九六五年　13歲　褒忠國民小學畢業，三、四年級時即投稿《國語日報》、《小作家》刊物等，獲師長鼓勵甚多。

一九六八年　16歲　褒忠初級中學畢業，期間，投稿《雲林青年》等學生刊物，並閱讀《簡愛》、《紅樓夢》等中外文學名著，瓊瑤、禹其民、金杏枝等人長篇小說，羅蘭散文亦甚喜讀。畢業後，因家境不許，放棄高中入學。曾於外科醫院習技，後至書店任店員約一年，飽讀各家作品，獨鍾梁譯《莎士比亞戲劇》，不求甚解，但反覆研讀，並做筆記，甚有所得。

一九六九年　17歲　投考陸軍第一士官學校，大量閱讀徐志摩、朱自清及當代詩人余光中、洛夫、商禽等人詩、散文，重讀莎翁戲劇，並嘗閱《史記》、《文心雕龍》等書。

一九七〇年　18歲　開始投稿，第一首詩〈美之惑〉發表於羊令野主編之《詩隊伍》，獲稿費二十元，並在《青年戰士報》新文藝副刊發表多篇散文，受胡秀先生鼓勵甚大，寫作頗勤、筆記亦豐。

一九七二年　20歲　自士官學校畢業，獲砲兵科第一名，留任砲兵學校助教。

是年夏，開始創作短篇小說，九月於《聯合報》發表〈新添上瓦的小屋〉，其後，〈那一渠大圳〉、〈祭〉、〈病〉均於該刊發表，寫作信心大增。

秋，至步兵學校習跆拳，對毅力之鍛鍊、體力之增進、意志之陶冶，著有俾益。仍不懈寫作、閱讀。

一九七三年　21歲　〈阿憨的一天〉、〈我不要回台北〉發表於《聯合報》。

在《中國時報》發表〈青漢伯〉、〈追〉等篇，另《中央日報》、《新生報》、《文壇》等刊物亦時有作品刊載。同年秋，獲保送入陸軍官校正期班就讀，並參加文藝社，與各大專院校文藝社團時有交流。

一九七四年　22歲　於《黃埔週報》創「江弦」詩頁，並參加鳳鳴電台南部詩歌朗誦比賽，於摸索中，集編、寫、導於一身，屢獲冠軍。

課餘，詩、散文、小說並進；唯以詩爲重點。

一九七五年　23歲　小說〈番通仔的一天〉、〈豬〉發表於《聯合報》。

與詩友莊錫釗、傅文正、許振江等人，創辦《綠地》詩刊；並與《大海洋》、《山水》、《草根》、《小草》各詩刊諸君子交換作品及寫作心得。

一九七六年　24歲　小說〈三嬸〉發表於《台灣文藝》四十九期。

獲大專新詩、散文比賽第一、二名。

小說〈赤脚的滋味〉發表於《台灣文藝》五十期。

陸軍官校畢業。

一九七七年　25歲　七月，小說〈榕〉發表於《聯合報》。

一九七八年　26歲
十月，以〈雪融千里〉獲「國軍文藝金像獎」短篇小說銀像獎。
一月與丁碧嬋小姐結婚。散文並獲陸軍第六屆文藝金獅獎。
五月，由皇冠出版社出版短篇小說集《飛翔之鷹》，小說〈冷月〉發表於《聯合報》。
七月，德馨室出版社刊行散文集《紛飛》、小說集《鄉垣近事》。
九月，短篇小說〈榕〉獲「聯合報第三屆小說獎」。
十月，以長篇小說〈水勢〉獲「國軍文藝金像獎」長篇小說銀像獎。發表小說〈邊界之蟻〉於《台灣文藝》六十期。

一九七九年　27歲
十二月，長子彥斌出生。十二月二十七～二十八日，發表〈蟲〉於《民衆日報》，獲葉石濤、彭瑞金推介，並入選《一九七八台灣小說選》。
由陸軍官校調至野戰部隊服務，仍堅持寫作習趣，年中，又調鳳山，十月，以〈春訊〉獲國軍第十五屆中篇小說金像獎，〈排附與我〉獲短篇小說銀像獎。
小說〈髮〉發表於《台灣文藝》六十四期。
《綠地》詩刊停刊。

一九八〇年　28歲
春，調陸軍第一士官學校任教官職。
小說〈鴿子〉發表於《聯合報》。
六月，次子璟斌出生。
十月，以〈生命之歌〉獲國軍十六屆短篇小說銀像獎，年內詩作銳減，散文、小說等量。

一九八一年　29歲
春，接受南部作協頒獎。
加入《陽光小集》詩社，並發表詩作。

五月〈鑼鼓歌〉入選《台灣文藝小說選》。

九月，短篇〈楊桃樹〉獲《聯合報》第六屆短篇小說獎，並入選年度小說獎類（該文迄今被各選集、報刊、雜誌轉載達十一次）。

十月，短篇〈曬穀埕春秋誌〉獲《中國時報》文學獎短篇小說優等獎。小說〈雨〉發表於《現代文學》復刊號十五期。

十二月，短篇小說集《鑼鼓歌》由蓬萊出版社出版。

一九八二年　30歲　夏，出版散文集《驚豔》，小說集《雪融千里》（采風出版社）。發表短篇《家事》於《台灣時報》，〈畸地〉於《自立晚報》，散文〈有情篇〉入選九歌版年度散文選。

一九八三年　31歲　春，應蘭亭出版社之邀，出版短篇小說集《楊桃樹》，並列入蘭亭當代文學大系。

年中，嘗寫長詩〈春天的訊息〉獲「國軍文藝金像獎」長詩佳作獎。

發表重要作品〈上游〉於《台灣時報》，〈遭遇〉於《春秋雜誌》，〈哭泣的男人〉於《自立晚報》、〈秘密日記〉於《小說創作》，〈黑面婆和白痴兒〉於《文學界》七期。

年內，作品小說、散文共達十餘萬字。

一九八四年　32歲　再獲「國軍文藝金像獎」短篇小說第一名，作品〈江山有待〉。

發表短篇〈兩個爸爸〉於《台灣時報》，並入選唐文標主編《七十三年度台灣小說選》。另有〈狙擊手何立吾〉等發表於《自立晚報》及其他刊物。

一九八五年　33歲　發表〈夢境〉等十餘篇小說，另有散文五萬餘字，詩則停滯。

散文〈濫施同情？〉發表於《中國時報》。

一九八六年　34歲　春，入三軍大學受訓。

三月，散文〈鄉關何處〉發表於《中國時報》
八月，由希代出版社印行小說集《回家的方式》。並發表〈無愛〉、〈牽狗去散步〉等於《聯合文學》。
十月，由皇冠出版社印行短篇小說集《無愛》。
十一月，散文集《鄉關何處》由皇冠出版社印行。

一九八七年　35歲

中篇小說〈青青子矜〉刊於《青年週刊》。
散文〈鄉關何處〉入選九歌出版年度散文選。
一月，散文〈失去的田畝〉發表於《中國時報》。
七月，自三軍大學畢業，分發南部野戰部隊，戍守海防。
中篇小說〈顫抖的大地〉改名〈天機〉於《中央日報》連載。
發表短篇小說〈我要去當國王〉、〈春初顏色〉、〈鴿子〉、〈再版散文〉、〈國防軍冬季出擊〉等於《民衆日報》、《大華晚報》、《台灣時報》、《皇冠》等刊物。

一九八八年　36歲

中篇小說〈回家〉於《中時晚報》連載。
短篇小說〈關於諾貝爾獎〉、〈女作家的夢魇〉、〈那個男子在海岸徘徊〉、〈同學會〉等，分別發表於《中央日報》、《自立晚報》、《自由時報》、《新生報》等。
散文〈有夢策馬〉入選希代版年度海峽散文選及九歌版年度散文選。
原名〈飛翔之鷹〉改爲〈我不要回台北〉再版刊行，入選《聯合報》「質的排行榜」，《民生報》並專文推介。

一九八九年　37歲　工作繁忙，小說創作銳減，僅〈大師的夢魘〉（《聯合文學》）、〈信〉（《中國時報》）、〈老楊和他的女人〉等數篇。
〈老楊和他的女人〉入選希代年度海峽小說選。
年底調中壢。

一九九〇年　38歲　發表短篇〈桃花女子〉（《聯合文學》）、〈情節〉（《新地文學》）等。
完成中篇小說〈旅程〉近八萬字，發表於《自立晚報》。
一月，散文〈巡山員老李〉發表於《中國時報》。
八月十九日，退伍。
十二月，論評〈一朵藍色的花——論吳錦發《秋菊》風格〉發表於《自立晚報》。

一九九一年　39歲　一月，散文集《讓愛自由》由業強出版社出版。
二月，小說〈情節〉獲吳濁流文學獎。
三月，小說集《我要去當國王》由聯合文學出版。
四月，完成蔡培火傳，結束專業寫作生涯，入張榮發基金會「國家政策研究中心」任政策研究員、國防小組召集人。
七月，兼任文化總會《活水》雙周報總編輯。
十月，〈楊桃樹〉選入國中第六册國文課本。

一九九二年　40歲　四月，小說集《楊桃樹》由業強出版社增訂再版。
六月，專任國策中心政策研究員，並發表多篇有關國防政策、安全戰略、國防預算論文。

年內並編著《親愛相守》叢書十冊，由文建會出版，《文化藥包》叢書四冊由文化總會出版。

小說創作幾乎停止，但其它文類則筆耕不輟。

旅遊高、屏、台東，完成水土保持之旅系列報導文學。

應中央日報「星期週刊」總編輯古蒙仁之邀，撰寫中外名將簡傳專欄「百戰英雄」，每週一篇。

一九九三年　41歲

短篇小說〈老楊和他的女人〉由中華民國筆會季刊翻譯刊登，並由《自由中國紀事報》轉載，復經美國耶魯大學《Yale-China Review》選刊。

短篇〈天火〉刊登於幼獅文藝七月號。

〈都是那個祁家威〉，刊登於聯合文學十一月號。

年內發表〈台海潛在軍事衝突評估〉、〈大陸劫機來台問題與對策〉等多篇論文。

一九九四年　42歲

一月，短篇小說集《兒女們》由聯合文學出版。

二月，將連載於中央日報「百戰英雄」專欄結集，由幼獅文化出版，並多次再版。

六月，中篇小說《春風有情》、《回家》由聯合文學出版。

開始撰寫「詩小說，私小說」系列短篇，以少年軍人爲題材，每週乙篇，於自由時報副刊連載。

一九九五年　43歲

除受邀擔任各媒體軍事評論、社論主筆外，並繼續發表多篇軍事學術論文，並受聘台北市政府公訓中心擔任「危機處理」專題班講座教授。

承中華日報副刊主編應平書之邀，撰寫「新中年物語」散文專欄，每篇八百字，每週一篇。

六月，學術論文集《台海安全與國防改革》由業強出版社出版，並列為國策中心智庫叢書，為國內首部由民間出版之國防學術論著。

一九九六年　44歲

一月發表〈台灣安全與國軍兵力結構〉等論文。

二月，受邀擔任台灣時報總主筆，負責言論部門。

擔任《軍中講》電視節目主持人。

文學創作銳減。擔任世界華文作家協會副秘書長。

一九九七年　45歲

四月，自國策中心離職，專任台灣時報總主筆，並仍繼續國防學術研究及文學創作。

受民視之邀，主持「全民看國防」電視節目，每週日下午播出，為國內唯一以國防安全為主題之新聞性現場節目。

擔任亞洲華文作家協會秘書長。

於內湖設立「作家工作室」教授文學創作課程。

六月應觀眾及讀者之請，撰寫《快樂去當兵》一書，由稻田出版社印行，為國內首部以如何當兵為題材之工具書，廣受歡迎，印行數萬冊。

一九九八年　46歲

二月，赴美國哈佛大學費正清中心發表「列寧式政權民主化過程中的軍政關係——台灣的發展經驗」，深獲好評。

應中時晚報之邀，撰寫「下午茶」散文專欄。

應人權基金會董事長柏楊先生之邀，擔任綠島人權紀念碑建碑委員。

應文化總會之邀，編撰「歡喜新台灣」系列叢書。

一九九九年　47歲

七月，受聘南華管理學院和平與戰略研究中心主任。

十二月，參加綠島人權紀念碑動土典禮。

應聯副之邀任九月份駐站作家，小說作品為〈英雄不死〉。

發表多篇學術論文，並主編《全民看國防》學術期刊。

綠島人權紀念碑落成，與有榮焉，並擔任人權教育基金會董事。

短篇小說集《少年軍人紀事》、散文集《新中年物語》由聯合文學出版。

二〇〇〇年　48歲

發表《在自己的城堡，有如幸福的國王》長篇散文，為五年來散文創作之最。

繼續擔任台灣時報總主筆、南華大學和平與戰略研究中心主任。

發表多篇國防學術論文，並為朝野總統候選人引用為「國防政策」白皮書內容。

應文化總會、農委會之邀，編輯「欣欣向農——台灣土地願景」叢書。

國家圖書館出版品預行編目資料

履彊集 / 履彊作. -- 初版. -- 台北市 : 前衛,
1992[民81]
273面 ; 15×21公分. --
(台灣作家全集. 短篇小說卷, 戰後第三代 : 11)
ISBN 978-957-9512-56-5(精裝)

857.63 81001534

履　彊集

台灣作家全集・短篇小說卷／戰後第三代(11)

作　　者　履　彊
編　　者　施　淑
出 版 者　前衛出版社
10468 台北市中山區農安街153號4F之3
Tel: 02-25865708　Fax: 02-25863758
郵撥帳號：05625551
E-mail: a4791@ms15.hinet.net
http://www.avanguard.com.tw
出版總監　林文欽
法律顧問　南國春秋法律事務所 林峰正律師
出版日期　1992年04月初版第 1 刷
2010年01月初版第 5 刷
總 經 銷　紅螞蟻圖書有限公司
台北市內湖舊宗路二段121巷28.32號4樓
Tel: 02-27953656　Fax: 02-27954100

Printed in Taiwan　ISBN 978-957-9512-56-5
定　　價　新台幣250元